KB123617

로크미디어가
유혹하는
재미있는 세상

ROK
MEDIA
로크미디어

만렙닥터
리턴즈

만렙 닥터 리턴즈 11

2022년 10월 12일 초판 1쇄 인쇄
2022년 10월 17일 초판 1쇄 발행

지은이 13월생
발행인 김정수 강준규

기획 이기헌 왕소현 박경무 강민구 조익현
책임편집 주현진
마케팅지원 이원선

발행처 (주)로크미디어
출판등록 2003년 3월 24일
주소 서울시 마포구 성암로 330 DMC첨단산업센터 318호
Tel (02)3273-5135 **편집** (070)7860-2726 **Fax** (02)3273-5134
홈페이지 rokmedia.com **E-mail** rokmedia@empas.com

값 8,000원

ISBN 979-11-354-8051-5 (11권)
ISBN 979-11-354-7400-2 04810 (세트)

Contents

선무당이 사람 잡을 뻔 (2)

"어, 어서 와, 한 과장! 이리 와 앉아."

고함 교수가 한상훈을 향해 손을 흔들었다.

"뭐, 뭐라고요??"

"나 교수도 왔나? 학회는 잘 다녀왔어?"

"아, 네."

"그래, 잘 왔어. 자네도 김윤찬이가 집도하는 거 참관하러 왔나?"

"......."

나기만 교수가 떨떠름한 표정을 지으며 고함 교수의 시선을 피했다.

"교수님, 지금 이거 실수하시는 겁니다!"

"실수? 실수는 쟤가 한 거 아닌가?"

턱짓으로 나기만 교수를 가리키는 고함 교수.

"나 교수가 무슨 실수를 했다는 건가요?"

"그게 지금 말이야, 방구야? 아올타 두오데날 피스툴라(대동맥-십이지장루)를 뭐? 급성 위장관염?? 그래 놓고 뭘 잘했다고 여길 기어들어 와, 기어들어 오길!"

고함 교수가 나기만에게 싸늘한 시선을 흩뿌렸다.

"그래서, 급성 위장관염이 아닙니까? 차트 살펴보니 분명 십이지장의 염증 소견이 있었고, 심전도상에 아무런 문제가 없었습니다! 나기만 교수의 진단은 틀린 게 없어요!"

"이런 이런, 양의 머리를 걸어 놓고 개고기를 판다더니, 과장이나 교수나 둘 다 똑같구먼. 교수 타이틀 달아 주면 다 교수가 된다던가?"

"말이 지나치십니다, 교수님!"

"한 과장님, 잠시만요. 말이 지나친 건 과장님이신 것 같군요. 심부전의 가장 전형적인 증세가 체중 증가죠. 그러면 이 환자는 과체중 환자입니까?"

"……."

"체중이 많이 나가니 운동하고 식이요법이나 하라고 처방할까요? 살 빼면 심부전이 낫습니까? 말씀해 보시죠?"

잠시 상황을 지켜보던 이기석 교수의 목소리가 두 사람 사이에 끼어들었다.

"아니…… 지, 지금 이 교수까지 부화뇌동하면 어떡합니까? 고 교수님이 나서면 말려야 할 사람이?"

당황한 표정의 한상훈이 말을 더듬었다.

"뭔가 대단히 착각하시나 본데, 김윤찬 선생한테 메스 잡게 한 건 고함 교수님이 아니라 접니다. 저 원래, 누구 지시 받고 일하는 사람 아닙니다. 졸라 자존심 상하네?"

"뭐? 졸라? 자네가 그, 그런 말도 할 줄 알아? 그리고 자네가 뭐, 뭐를 해?"

뜻밖의 말에 고함 교수가 당황한 표정을 짓자, 이기석 교수가 지그시 고함 교수의 팔을 잡았다.

"흠, 아무튼 지금 당장 교수님이 수술방으로 들어가십시오! 펠로우 2년 차가 대동맥-십이지장루 수술이라뇨? 그게 가당키나 한 일입니까?"

"얼척없네. 이봐, 한 과장! 네가 언제부터 나한테 이래라저래라 했냐? 과장 달아 줬더니, 이제 스승도 우습게 보이냐? 자고로 스승은 그림자도 안 밟는다고 했거늘, 아주 너, 후레자식이구나?"

"그게 무슨 소립니까? 과장을 누가 달아 줍니까? 제 스스로, 능력대로 된 겁니다!"

"하아, 하기야 그것도 능력이라면 능력이겠죠. 돈 많은 것도 능력이라면 능력이니까."

후후, 이기석 교수가 어이없다는 듯이 코웃음을 쳤다.

"이봐, 이 교수! 나도 참는 데 한계가 있어? 아버님 때문에 최대한 예의를 갖추고 있는 거니까, 여기서 끝내지?"

"언제부터 우리 아버지를 그렇게 챙기셨습니까? 예의는 안 갖추셔도 되니까, 수술 더 이상 방해하지 마시고 나가 주시죠?"

이기석 교수가 한상훈 과장을 날카롭게 응시했다.

"그렇게 말해 주니 나 또한 마음의 짐을 덜겠군. 그러면 지금부터는 내 식대로 해도 되겠지?"

"지금까지 그렇게 하셨잖습니까?"

"좋아! 나기만 교수, 지금 당장 김윤찬 선생 끌어내! 과장의 결재도 없이 펠로우 따위가 수술방에 들어가?"

"아니, 그게……."

하지만 나기만 교수는 고함 교수의 눈치를 살필 뿐이었다.

"뭐 해! 당장 끌어내고 당신이 들어가서 메스 잡아! 왜, 자신 없어? 저 환자, 당신 환자 아니야?"

"그, 그게……."

나기만 교수가 여전히 자신이 없는 듯 머뭇거렸다.

"뭐야? 못 하겠다는 거야? 좋아, 그렇다면 내가 들어가 끄집어내도록……."

한상훈 과장이 송곳니를 드러내며 수술방 문을 열려 했다.

"한상훈 과장님! 지금 거기서 한 발자국만 더 움직이시면 이거 사내 방송국에 보낼 겁니다."

그러자 이기석 교수가 주머니에서 USB 하나를 꺼내 들었다.

"뭐, 뭐야, 그게?"

"뭐긴 뭡니까, 과장님이 타 과 교수님들을 대상으로 금전과 향응을 제공했다는 증거죠."

"뭐라고?"

한상훈 교수의 시선이 위태롭게 USB를 들고 있는 이기석 교수의 손끝에 매달려 있었다.

"한상훈 과장! 왜 믿기지가 않아? 그러면 어디 한번 멋대로 해 보시든가? 들어가! 들어가서 김윤찬이 멱살을 잡고 데리고 나와."

고함 교수가 한쪽 입꼬리를 말아 올렸다.

"지금 당장 그 손 치우시죠? 그 문 여는 순간, 저도 이거들고 바로 사내 방송국으로 갈 겁니다."

"아, 아니……!"

"클럽 샤인? 내용물을 들여다보니까 아주 가관이더군요. 바지 지퍼 열고 화장지 뽑아내는 기술이……. 원래 과장님 취향이 그런 거였던 겁니까?"

"아니, 그게……. 지, 지금 나를 협박하는 건가?"

당황한 한상훈 과장이 말을 더듬었다.

"어, 협박하는 거야. 내가 분명히 말했을 텐데, 이 병원에 내 편이 적지 않다고? 쯧쯧, 허투루 들었나 보네."

그러자 고함 교수가 덩달아 맞장구를 치고 나섰다.

"……."

"한 과장, 지금부터 내 말 잘 들어. 자네 힘으로 과장 자리에 앉은 게 아니라, 내가 앉혀 준 거야. 왜냐고? 난, 사람 살리는 의사지, 의자에 앉아서 볼펜이라 굴리는 펜대가 아니거든."

"……."

"내 평생 몸담은 이 흉부외과가 자네의 이딴 졸렬한 짓으로 더럽혀지는 꼴을 보고 싶지 않아서 그냥 눈감았을 뿐이라고."

한상훈 과장이 늘어뜨린 양 주먹에 힘을 주었다.

"그런데 말이야. 내 욕을 하고 다녀도 좋고, 과장실에 앉아서 펜대나 굴려도 좋은데, 내 새끼 건드리는 꼴은 죽어도 못 봐. 내가 앉힌 자리니까, 뺏는 것도 내 맘이라는 것만 명심해."

"이, 이……."

몸을 부들부들 떨고 있는 한상훈 과장.

"그러니까 한 과장 좋아하는 정치질이나 하면서 거들먹거리든 말든 그건 상관없는데, 그냥 거기 앉아서 다른 건 아무것도 하지 마. 알았나?"

"끙……."

붉으락푸르락, 한상훈 과장의 얼굴이 총천연색으로 변해 갔다.

"이제 그만 나가 주겠나? 아니면, 제자가 수술하는 거 즐겁게 감상하든가."

"고함 교수님, 제 말 명심하세요! 이번 수술 잘못되면 김윤찬 선생뿐만 아니라, 고함 교수님도 책임을 면키 어려울 겁니다!"

"아주 수술 잘못되라고 고사를 지내! 책임? 그건 김윤찬이 아니라 나기만 교수 저 사람이 져야지, 무슨 개소리를 지껄이는 거야?"

"……나기만 교수! 갑시다!"

"네."

쾅! 피가 터져 새어 나올 정도로 입술을 악다문 한상훈 과장이 참관실 문을 닫고 나갔다.

"정신 나간 인간! 저런 것도 의사라고!"

한상훈 과장이 나가자, 고함 교수가 투덜거렸다.

"교수님의 말을 듣지 않는 것이 나았을 것 같습니다. 어떻게든 한상훈이 과장 자리에 앉는 건 막았어야 했어요."

이기석 교수의 표정이 침통해 보였다.

"아냐, 어차피 저 인간은 어떻게든 과장 자리에 앉았을 거야. 시간문제일 뿐인 거지. 그나저나, 그런 건 언제 마련했던 거야?"

고함 교수는 이기석 교수가 들고 있던 USB를 가리켰다.

"아, 이거요?"

"그래, 그거."

"뭐, 별거 아니에요."

이기석 교수가 대수롭지 않다는 듯이 USB를 주머니 속에 집어넣었다.

"아니, 거기에 뭐가 담겨 있다면서? 나도 맞장구는 쳐 주긴 했지만, 솔직히 식겁했거든!"

"논문 몇 개 말고는 없어요."

"엥? 그러면 룸살롱 동영상은? 그건 없었던 거야?"

"후후, 한상훈 교수 하는 짓이 뭐 다 그렇죠. 아마도 타 과 교수들 데리고 샤인인가, 거기 룸살롱에 갔을 겁니다. 뭐 하고 노는지는 안 봐도 알 것 같고요."

이기석 교수가 피식거렸다.

"그러니까 뻥카다?"

"뭐, 포커 판에서 무패로 이기는 경우는 흔하잖아요?"

"하하하, 하여간 자네도 사람 많이 변했네, 변했어."

"아뇨, 저 원래 이랬어요."

이기석 교수가 대수롭지 않다는 듯이 양어깨를 으쓱거렸다.

한상훈 과장실.

씩씩거리며 자신의 집무실로 돌아온 한상훈과 나기만 교수.

"……."

침통한 표정으로 자신의 자리에 앉은 한상훈.

"대체, 이게 지금 어떻게 돌아가고 있는 거야?"

쾅, 한상훈 과장이 자신의 주먹으로 책상을 강하게 내리쳤다.

"죄송합니다. 제 불찰입니다."

"아냐, 뭐 자네가 잘못한 게 뭐야? 김윤찬 그 쥐새끼 같은 인간이 설쳐 댄 거지."

한상훈이 이를 바득바득 갈았다.

"죄송합니다, 과장님……."

"후우, 잠시만! 나 잠시만 생각 좀 하고."

한상훈 과장이 바로 나기만의 말허리를 자르며 손을 내저었다.

"네에."

그 모습에 나기만이 뻘쭘한 자세로 서 있었다.

"그래서? 저 환자, 급성 위장관염은 확실해?"

눈을 감고 한참 동안 생각에 잠겼던 한상훈 과장이 눈을 떴다.

"네, 그것만큼은 확실합니다. 분명 위장관염이었어요!"

"엑스레이, 심전도는 한 거지?"

"네, 그렇습니다."

"엑스레이 결과는 진단방사선과에서 코멘트 준 거고?"

"네, 맞습니다."

"이 사람아! 아무리 그래도 엑스레이 결과는 확인했어야 지!"

"죄송합니다. 제가 그때 경황이 없었어서……. 면목 없습니다."

나기만이 무안한 듯 고개를 숙였다.

"답답한 사람 같으니라고! 그래도 CT는 찍었어야지. 다이섹하고 급성 위장관염하고 증세가 비슷하다는 거 몰라?"

"정말 죄송합니다! 제가 거기까지는 미처 생각하지 못했습니다."

나기만 교수가 면목 없다는 듯 고개를 숙였다.

"흐음, 그게 중요한 게 아니라, 김윤찬이가 수술을 성공해도 문제고 실패를 해도 문제야."

"그, 그게 무슨 말씀이십니까?"

"설마 정말 몰라서 묻는 건 아니겠지? 환자 쪽에서 걸고넘어지겠다고 나서면, 이거 굉장히 골치 아픈 문제가 될 수 있다고!"

한상훈 과장이 심각한 표정으로 인상을 찌푸리며 소리쳤다.

"과장님, 제발 도와주십시오! 이번 한 번만 넘어갈 수 있도록 힘 좀 써 주십시오. 저, 여태까지 과장님께 충성을 다하지 않았습니까?"

나기만이 양손을 모아 읍소하기 시작했다.

"후우, 그래. 그걸 누가 모르나? 그러니까 지금 나도 고민 중이지 않나."

톡톡톡, 한상훈 과장이 손가락 끝으로 책상을 두드리며 입술을 잘근거렸다.

"뭐든지, 뭐든지, 과장님이 시키시는 일은 뭐든지 다 하겠습니다! 제발, 절 좀 살려 주십시오."

지금 나기만의 입장에서 할 수 있는 일은 오직 한상훈 과장에게 매달리는 것뿐이리라.

일종의 공생 관계?

아니지. 공생 관계라기보단, 적과의 동침이 훨씬 더 어울릴 두 사람의 관계였다.

나기만은 한상훈의 약점을, 한상훈은 나기만의 약점을 손에 쥐고 있었기 때문이다.

한상훈의 입장에서도 자기편이 부족한 상황.

이 때문에 나기만 교수를 떨쳐 내기엔 뭔가 찜찜함이 있었다.

마음에 들지는 않지만 아직은 나기만을 품고 있어야만 했다.

"잠시 기다려 봐."

띠띠띠띠.

핸드폰을 꺼내 누군가에게 전화를 거는 한상훈 과장.

"아이쿠, 형님! 잘 지내셨습니까?"

상대가 전화를 받자, 한상훈 과장이 호들갑을 떨며 예를 차렸다.

그는 국내 3대 로펌 중에 하나인 센트럴로펌의 수석 변호사, 최중호였다.

─이게 누군가? 연희병원 흉부외과 수장, 한상훈 아닌가? 무슨 일이야, 바쁘신 양반이.

그 역시, 한상훈을 반갑게 맞아 주었다.

"네네, 형님! 다름이 아니라………."

한상훈 과장이 핸드폰을 양손으로 받아 든 채, 굽신거렸다.

참관실.

"아이고, 이제 날파리 떼도 사라졌으니까, 우리 윤찬이가 얼마나 잘하나 좀 볼까?"

고함 교수가 기지개를 켜며 수술방을 주시했다.

"역시나 우리 없이도 잘하고 있는 것 같은데요?"

이기석 교수가 손가락을 들어 수술방을 가리켰다.

❤

수술방.

"택진아, ABI(Ankle Brachial Pressure Index, 족관절 및 상완의 혈압비) 좀 확인해 줘."

ABI는 앵클 아떼리(발목 동맥)와 브라키얼 아떼리(상완동맥 : 어깨에서 팔꿈치까지의 동맥) 간의 수축기 혈압비를 의미했다.

즉, 대동맥 파열로 인해 하지까지 내려가는 혈액량을 측정해 보기 위함이었다.

혈압비는 족관절 동맥이 상완동맥보다 다소 높은 편이라, 1에서 1.29 정도가 정상이었다.

"윤찬아, 우측 0.74, 좌측 0.81!"

ABI 검사를 마친 이택진이 결과를 가져왔다.

"그 정도면 괜찮아."

정상 범위는 아니었지만, 그렇다고 문제가 될 만한 정도는 아니었다.

"좀 낮지 않아?"

"아니, 이 정도면 하지 혈류는 충분해. 자, 지금부터 시작해 보자.”

“윤찬아, 유착이 너무 심한데??”

제법이었다.

이택진의 말대로, 김성수 환자는 복강 내 유착이 약간 심했다.

복강 내 유착!

복막에 상처가 생겨 염증이 생기고 점차 이 염증이 섬유화되다 시간이 지남에 따라 십이지장 사이에 들러붙어 있는 상태였다.

회귀 전, 가수 신해창 씨가 이 복막 내 유착을 제거하는 수술을 받다가 심낭에 천공이 생겨 사망하기도 했다.

“이건 뭐, 완전 엿가락처럼 눌어붙었는데?”

복막 안, 십이지장을 살펴본 이택진이 인상을 찡그리며 말했다.

“맞아, 그래서 대동맥으로 바로 접근은 힘들 것 같고, 유착된 부위부터 절제하고 접근해야 할 것 같아.”

“윤찬아! 솔직히 내가 잘은 모르겠는데, 이 정도 섬유화면 유착된 부위를 전부 긁어내도 대동맥으로 바로 접근하는 건 무리일 것 같은데?”

“……”

“혹시, 내가 틀린 거냐? 역시 내가 좀 그렇지?”

김윤찬이 아무 말이 없자, 이택진이 자신 없는 어투로 물었다.

"아니, 정확히 봤어! 네 말대로 피브리오시스(섬유화)가 너무 심해. 업도미널 아올타(복부 대동맥)로 바로 접근하는 건 힘들 것 같고, 유착 부위 긁어낸 후에 두오데날(십이지장) 3nd 부분에 펄포레이션(천공)부터 해결하고 가자. 응?"

"정말?? 내 말이 맞은 거야??"

"어, 허당인 줄 알았는데 제대로네. 이제 시작할까? 간호사님, 메스!"

서걱서걱.

그렇게 간호사로부터 메스를 받아 든 김윤찬.

그의 손끝의 메스가 거침없이 유착 부위를 긁어내기 시작했다.

"둘이 잘하고 있는 것 같지?"

둘의 모습을 흐뭇하게 지켜보던 고함 교수.

그는 팔꿈치로 이기석 교수의 오른팔을 슬쩍 건드리며 말했다.

"교수님, 그렇게 치셔서 팔이 부러집니까? 좀 더 세게 치셔야죠?"

"헐, 지금 내가 팔 건드려서 아프다는 표현을 그렇게 하는 건가?"

"네, 좀 아픕니다."

이기석 교수가 자신의 오른팔을 어루만지며 인상을 구겼다.

"하여간 이상해, 정말!"

"아픈 사람 팔 건드리는 게 더 이상하지 않습니까?"

"헐, 미안, 미안! 그건 그렇고 저 두 사람, 케미가 좀 어떠냐고?"

"네, 나쁘지 않네요."

확실히 칭찬이 인색한 이기석 교수였다.

하지만 나쁘지 않다는 그의 말, 그가 할 수 있는 최고의 칭찬이었으리라.

"택진이 이 녀석도 좀 덜렁거리는 것만 고치면 나름 제 몫을 할 놈이야."

"네, 그런 것 같군요. 좀 더 갈구면 윤찬 선생의 좋은 파트너가 될 것 같아요."

"갈궈? 뭘 갈궈? 요새 이기석 교수, 쓰는 용어들이 버라이어티하네?"

"전부 교수님한테 배운 겁니다."

"이 사람아, 배울 걸 배워! 자네는 자네만의 아이덴티티를 가져야지. 가뜩이나 CS는 무데뽀에 무식한 칼잡이들이라고 손가락질하는데."

"누가 우리 과를 무식한 칼잡이라고 합디까?"

"어? 그게……."

"아니, 그런 개소리를 지껄이는 인간들이 누구냐고요? 아주 잡아다 조동아리를 조사 버릴까 부다, 이씨!"

"어? 아, 아니야, 아무것도."

이기석 교수의 뜻밖의 반응에 적잖이 놀란 고함 교수가 말을 더듬었다.

❤

이제 중반을 넘어 종반으로 치닫고 있는 김성수 환자의 수술!

일사천리, 파죽지세란 말은 이럴 때 쓰는 것인 듯했다.

복강 내 유착을 말끔히 제거한 후.

십이지장에 생긴 3.4 * 3.4 센티 정도의 커다란 천공도 단숨에 메워 버린 김윤찬.

"택진아, 근위부 십이지장과 공장을 사이드 바이 사이드 문합(측측문합) 한다!"

측측문합.

사이드 문합으로 불리는 이것은, 주로 소화기관을 봉합할 때 쓰는 문합법으로, 연결할 두 개의 소화기를 평행하게 맞대어 놓고 연결하는 방법이었다.

"알았어."

"저 새끼 저거, 저 큰 구멍을 점막을 이용해서 문합한 거지? 그치?"

수술 과정을 지켜보던 마철준 교수가 벌린 입을 다물지 못했다.

"택진아, 혈액 배양 검사 결과 좀 확인해 줘."

"알았어."

"세균 수는 어때?"

"괜찮아. 배양된 건 없는 것 같은데?"

"그래? 다행이네. 간호사님! 세프트리악손하고 아미카신 (항생제) 각각 1앰풀씩 정맥주사 해 주세요."

"네, 알겠습니다."

이렇게 완벽하게 십이지장 천공을 해결한 김윤찬.

곧바로 업도미널 아올타(복부 대동맥)로 접근.

온갖 지저분한 찌꺼기로 꽉 찬 복부 대동맥을 절제하고 새하얀 인조혈관으로 치환하는 데 성공했다.

마침내 내막이 찢어져 터지기 일보 직전의 대동맥을 인조혈관으로 치환하고, 구멍 난 십이지장마저 말끔하게 봉합하는 데 성공했다.

정신없이 흘러간 6시간여 수술은 대성공이었다.

"환자 체온 올립니다."

완벽했던 수술.

이제 환자의 체온을 올리고 심장을 멈추기 위해 다량으로 투여했던 칼륨을 씻어 내기만 하면 모든 수술은 끝날 예정이었다.

잠시 후.

"김윤찬 선생! 심장 살았어!"

두근두근, 마침내 김성수 환자의 몸에 촉수처럼 박힌 각종 튜브를 빼내자 심장이 뛰기 시작했다.

"바이탈은요?"

"너무 안정적이야! 완전 정상이라고! 수고했어, 김윤찬 선생! 설마설마했는데, 이 어려운 걸 또 해내는구면."

마철준 교수가 엄지를 추켜올렸다.

"후우, 오늘은 그 칭찬, 택진이가 받는 게 맞을 것 같아요. 오늘, 택진이 없었으면 저 아무것도 못 했어요."

김윤찬이 이택진을 힐끗거리며 빙그레 미소 지었다.

"김윤찬 선생 말이 맞아. 저 인간, 조동아리만 살았는 줄 알았는데, 오늘 보니 아주 제법이야? 수고했어, 이택진!"

짝짝짝짝, 마철준 교수가 박수를 치며 이택진을 격려했다.

"흠흠, 뭐, 일종에 셜록홈스와 왓슨의 관계랄까요?"

이택진이 잔뜩 어깨에 힘을 주며 으스댔다.

"그래그래, 내가 봐도 이택진 선생이 왓슨의 역할을 잘 해 낸 것 같아. 훌륭해!"

그렇게 위급했던 김성수 환자의 대동맥-십이지장루 수술 은 성공적으로 막을 내렸다.

"김윤찬! 오늘은 내가 왓슨 역할을 했지만, 다음번엔 내가 셜록이야. 알겠냐?"

잠시 후.

경의실로 이동한 이택진이 환복하며 팔꿈치로 김윤찬의 어깨를 툭 건드렸다.

"물론이야. 얼마든지 네가 셜록 해라."

"당연하지. 오늘은 네가 태양이었지만, 반드시 나도 태양 이 돼 보련다."

오늘 수술로 자신감을 얻은 이택진이었다.

물론, 이 모든 것이 이택진의 실력을 향상시키기 위한 김 윤찬의 배려긴 했지만.

"지구가 태양 주위를 돌든, 달 주위를 돌든 그게 무슨 상 관이야. 우리야 밥 잘 먹고 잘 싸고 수술 잘하면 그만이지.

태양이고 달이고 그런 게 중요한 게 아니야."

"헐, 뭐냐, 명언 제조기냐? 간지 나는데?"

"후후후, 내가 한 말 아니야. 네가 그렇게 되고 싶어 하는 셜록홈스가 한 말이야."

"그래? 어쩐지. 간지가 좔좔 흐르더라."

이택진이 입을 삐죽 내밀며 고개를 끄덕여 김윤찬의 말에 동의했다.

"후우, 수술하고 났더니 배고프다야. 우리 청수옥 가서 내장탕이나 한 그릇 때릴까?"

"좋지!"

그러자 이택진이 활짝 웃으며 김윤찬의 어깨에 팔을 걸쳤다.

김윤찬과 이택진, 이택진과 김윤찬.

마철준 교수가 동의했던 대로 지금 이들은 셜록홈스와 왓슨의 관계이리라.

♥

김성수 환자 병실.

그렇게 성공적으로 수술을 마친 후 3일이 지난 날.

김성수 환자는 조금씩 회복세를 보이고 있었다.

"김성수 환자분, 좀 어떠십니까?"

"괜찮습니다."

힘겹게 몸을 일으켜 세우는 김성수.

약간의 수술 후유증으로 얼굴은 퉁퉁 부어 있었지만, 확실히 표정은 밝아 보였다.

"불편하신 데는 없으세요?"

"네. 배가 좀 당기는 것 말고는 없습니다."

"네. 그건 봉합 부위가 완전히 아물기 전까지는 계속 그럴 겁니다. 너무 힘드시면 진통제라도 놔 드릴까요?"

"아, 아뇨. 괜찮습니다. 이택진 선생님이 그러시던데, 가능하면 진통제에 의존하지 말라고 하더라고요. 아직은 참을 만합니다."

김성수가 자신의 배를 움켜쥐며 고개를 끄덕였다.

이택진 이 녀석! 수술 한번 하더니 자신감 뿜뿜이네?

"네, 맞습니다. 이택진 선생 말대로 가능하면 진통제는 맞지 않는 게 좋아요. 그래도 정 힘드시면 콜하십시오."

"네, 그렇게 하겠습니다."

"그리고 중요한 건, 환자분의 복부 대동맥을 인조혈관으로 교체를 했는데, 종종 인조혈관이 재감염되어서 문제가 생길 수 있습니다. 그러니 항상 조심하셔야 해요."

"네, 명심하겠습니다."

"네, 십이지장이란 곳이 소화기관이기 때문에 각종 음식물 찌꺼기가 남을 수 있습니다. 따라서 언제든지 염증이 생길 수 있고, 그 염증이 유착되면 문제가 생겨요."

"아……. 그렇군요."

"그러니까 처방해 주는 약 잘 챙겨 드시고, 정기적으로 검진을 받으셔야 합니다."

"네네, 감사합니다. 선생님처럼 이렇게 친절하게 설명해 주시는 의사 선생님은 처음 뵙네요."

김성수 환자가 입가에 행복한 미소를 띠었다.

"아니에요. 다른 의사들도 다 저랑 똑같습니다. 그저 말을 안 했을 뿐이죠."

"네에, 맞습니다. 이택진 선생님도 자주 들러서 좋은 말씀 많이 해 주셨어요."

"네, 수술은 잘 끝났으니 앞으로 몸 관리만 잘하시면 아무 문제 없을 거예요."

"정말 감사합니다, 선생님!"

"아참, 그리고 이거."

난 지금까지 보관하고 있던 반지가 담긴 작은 상자를 김성수에게 내밀었다.

"어? 이, 이걸 어떻게 선생님이?"

깜짝 놀란 김성수가 눈을 깜박였다.

"선생님이 응급실에 실려 오셨던 날, 떨어뜨린 걸 제가 가지고 있었습니다."

"정말입니까? 가, 감사합니다! 정말 감사합니다."

"네, 이제 선생님이 아내분께 직접 끼워 주시면 됩니다!"

"······선생님, 알고 계셨습니까?"

반지를 받아 든 김성수의 눈두덩이가 붉게 물들어 가기 시작했다.

"네, 제가 이 반지를 주워서 아내분께 드렸더니, 선생님한테 직접 받고 싶으시다고······."

"······."

"꼭 수술 후에 전해 달라고 하시더라고요. 반지를 이렇게 선생님께 드릴 수 있어 너무 다행입니다."

"선생님, 감사합니다!!"

반지를 받아 든 김성수는 감격에 겨워 뜨거운 눈물을 흘리고 말았다.

"아뇨, 잘 버텨 주셔서 제가 오히려 감사합니다. 힘든 수술 잘 참아 내 주셔서 감사합니다. 이제 새신랑이 되셨으니, 앞으로 다복하게 잘 사십시오."

"네네. 항상 선생님 생각하면서, 열심히 살겠습니다."

네! 온갖 지저분한 찌꺼기로 가득 찼던 당신의 너덜너덜했던 혈관이 눈송이처럼 새하얀 인조혈관으로 바뀌었던 것처럼, 앞으로 꽃길만 걸으십시오, 환자님!

거의 죽어 가던 환자가 이렇게 건강하게 내 앞에서 웃고 있는 모습을 본다는 것.

세상 그 무엇으로도 바꿀 수 없는 벅찬 감동이었다.

반비메디
리턴즈

바로 이 맛에 의사 하는 거지!

  띠리리링.
  그렇게 김성수 환자를 보고 병실을 나오는데, 한상훈 과장
으로부터 전화가 왔다.
  "네, 김윤찬입니다."
  ─지금 당장 내 방으로 올라오세요.
  전화를 받자 냉소적인 한상훈 과장의 목소리가 새어 나왔
다.

한상훈이란 사람은

한상훈 과장실.

"어서 와요, 김윤찬 선생! 거기 앉아요."

김윤찬이 들어가자마자 반갑게 맞이하는 그.

좀 전에 통화로 들었던 냉소적인 목소리와는 사뭇 다른 태도였다.

"네."

"좀 늦긴 했지만 우리 모닝커피 한잔 할까요?"

웃는 낯에 침 못 뱉는다고 했던가?

한상훈 과장의 얼굴에는 웃음기가 가득했다.

"네."

"자, 들어요. 하와이 코나 커피예요."

한상훈 과장이 고급스러운 커피 잔에 차를 담아 내왔다.

"네, 잘 마시겠습니다."

"향이 참 좋은 커피예요. 해발 4천 미터 이상의 고지대에서 자란 커피라고 하더군요. 세계 3대 커피로 유명하죠."

"그렇습니까?"

"네, 아마 다른 커피보다 서너 배는 더 비쌀 거예요."

"아, 네."

"뭐, 하와이 코나 커피라고 다 명품 커피가 되는 것은 아니지만요. 최고 등급인 엑스트라 펜시 레벨이 되어야 비로소 명품 커피의 반열에 오르는 거죠."

"……."

"이 커피는 제가 하와이에서 직접 공수한 엑스트라 펜시 레벨입니다. 정말 특별한 손님에게만 내어 주는, 제 보물 1호죠."

'특별한 손님? 무슨 꿍꿍이가 있는 건가, 아침부터?'

"영광입니다."

단답형 대답으로 일관하는 김윤찬.

아직 한상훈 과장의 정확한 의도를 파악하지 못했기 때문이었다.

"어서 들어요. 미국의 문호 마크 트웨인도 한때 이 커피 맛에 푹 빠졌었다고 하더군요."

후릅, 한상훈 과장이 향을 음미하며 커피를 한 모금 베어 물었다.

"……."

김윤찬이 한상훈의 눈치를 살피며 커피 잔을 입술에 가져다 댔다.

"맛이 어떤가요?"

그러자 한상훈 과장이 기다렸다는 듯이 김윤찬에게 물었다.

"제가 미각이 둔한 편이라 맛은 잘 모르겠습니다."

"그렇습니까? 꽃향기가 은은하게 입 속에서 퍼지지 않습니까?"

"뭐, 그런 것 같기도 합니다."

"허허허, 엎드려 절받기군요. 꽃향기와 과일 향이 은은하게 배어 있고 적절한 산미가 일품인 커피죠. 우리 자주 이렇게 만나서 티타임도 하고 대화도 나눕시다."

"……."

"아! 이 코나 커피가 왜 유명한지 아십니까?"

"아뇨, 잘 모르겠습니다."

"희소성 때문이에요. 코나 커피는 하와이의 특별한 지형과 기후에서만 재배가 되고 그 재배 면적이 적어 귀하죠. 우리 김윤찬 선생처럼 말이에요."

무슨 얘기를 하려는지 한상훈 과장이 온갖 약을 치고 있었다.

"전, 과장님이 말씀하시는 것처럼 특별한 사람이 아닙니다."

"아닙니다! 펠로우 2년 차에 대동맥-십이지장루 수술을 이렇게 완벽하게 해낸 써전은 제가 보지도 못했고, 듣지도 못했어요. 정말 대단해요!"

"그건, 그냥 정황상 제가 할 수밖에 없었을 뿐입니다. 이기석 교수님이나 고함 교수님이 만들어 놓으신 매뉴얼대로 흉내만 냈을 뿐입니다."

"허허허, 겸손하실 것 없어요. 그렇게 흉내 내는 게 어디 쉬운 일이겠습니까? 난 처음부터 김윤찬 선생의 비범함을 알아차렸죠. 우리 인턴 캠프에서 처음 만났을 때……."

"과장님, 죄송하지만 저, 1009호 환자 봐야 할 시간이라서요. 저를 찾은 용건이 있으시면 직접 말씀해 주셨으면 좋겠습니다."

말을 빙빙 돌리지 말고 빨리 본론으로나 들어가라는 뜻이다.

"아! 그렇습니까? 우리가 아직은 흉금을 터놓고 지내기엔 좀 간극이 있지요?"

그러자 한상훈 과장이 민망한 듯 얼굴을 붉혔다.

"특별히 하실 말씀이 없으시면 저는 이만 나가 보겠습니다."

"잠깐만요. 그래요, 우리 그동안 서운했던 감정은 술 한잔

하면서 차차 풀기로 하고, 본론으로 들어가죠."

김윤찬이 일어서려 하자, 한상훈 과장이 그의 발걸음을 멈춰 세웠다.

"네, 말씀하십시오."

"그래요. 내가 솔직히 말하리다. 실은……."

'그러면 그렇지!'

겉으론 부드러운 투로 떠들어 댔지만, 결국 결론은 이거였다.

만약에 김성수 측에서 이번 일로 의료 소송을 제기할 경우, 함부로 혀를 놀리지 말라는 일종의 경고였다.

"그건 제가 관여할 일이 아니라고 생각합니다."

"그래요. 김윤찬 선생 말대로 그렇게 관여하지 않으면 되는 겁니다. 나머지는 내가 다 알아서 처리할 테니."

"관여를 안 한다고 했지, 진실을 은폐한다고 하지는 않았습니다."

"후후후, 진실이라……. 진실의 정체가 뭡니까?"

"그건 과장님이 더 잘 아실 거라고 생각합니다. 실수를 했다면 그 실수를 인정하는 것이 진실이겠지요."

"누가 실수를 했다는 겁니까?"

"그것 역시 과장님이 더 잘 아시고 계실 거라 생각합니다. 지금 과장님의 머릿속에 떠오르는 것, 그것이 바로 진실일 겁니다."

"그런가요? 지금 내 머릿속엔 나기만 교수가 떠오르는군요."

"그렇다면 됐네요. 모든 진실은 그분이 가장 잘 알고 있으니까요."

"나는 나기만 교수를 믿습니다. 나 교수는 직분에 충실했을 뿐이라고요. 모든 검사 결과가 그걸 증명하고 있지 않습니까?"

골치 아프게 소송을 걸어 봐야 빠져나갈 구멍은 이미 마련되어 있다는 뜻이리라.

"과연 그럴지는 두고 보면 알겠죠. 과장님, 진실의 적은 거짓이 아닙니다, 믿음이죠. 그 믿음이 더 무서운 적이 될 수 있는 겁니다. 게다가 그 믿음이 계산된 것이라면……."

"우리 김윤찬 선생이 주옥같은 명언을 쏟아 내셨으니 저도 한마디 거들죠. 거짓도 충분히 자주 하면 진실이 된다고 합디다."

분명 쉽게 물러설 한상훈 과장이 아니었다.

그는 수단과 방법을 가리지 않고서라도 거짓을 진실로 만들 수 있는 사람이었다.

"……."

"계산이 되었든 아니든 전 나기만 교수를 믿습니다. 물론 김윤찬 선생도 경거망동하지 않을 거라 믿고 있고요,"

"전 제 할 일을 할 뿐입니다."

"그래서 김성수 환자 측에 양심선언이라도 하시겠다는 겁니까? 이 바닥에도 동업자 정신이 있는 겁니다. 나기만 교수가 다치면 우리 흉부외과 전체에도 타격이 크다는 걸 명심하세요."

"이럴 때 제 스승님은 항상 저에게 이렇게 말씀하셨습니다."

"고함 교수가 말입니까? 뭐라고 합디까?"

한상훈 과장이 빈정거리는 투로 말했다.

"물고기의 눈이 아무리 아름답다 할지라도 다이아몬드가 될 수는 없다! 물고기의 눈은 그저 물고기의 눈일 뿐이다! 이렇게 말씀하셨습니다."

"후후후, 그러셨습니까? 좋아요, 어디 두고 봅시다. 물고기 눈이 다이아몬드가 될 수 있는지 없는지. 길고 짧은 건 대봐야 아는 거니까. 내겐 힘이 있고, 김윤찬 선생은 그게 없다는 것만 명심하세요."

"네, 그렇게 하겠습니다. 그러면 더 할 말 없으시면 전 이만 나가 보겠습니다."

김윤찬이 냉소적인 눈빛을 흩뿌리며 과장실을 빠져나갔다.

대동맥—십이지장루를 급성 위장관염으로 진단했던 사건
(?).

예상대로 김성수 씨 가족은 곧바로 변호사를 선임해 의료 분쟁 소송에 들어갔고, 얼마 지나지 않아 나기만이 나를 찾아왔다.

"김윤찬 선생, 이유 막론하고 내가 잘못했습니다. 이번 한 번만 용서해 줘요."

풀썩, 나를 찾아온 나기만 교수가 내 앞에서 무릎을 꿇었다.

일단 급한 불이라도 꺼야 하는 그의 입장에선 교수라는 타이틀 따위는 중요하지 않았다.

"지금 뭘 하시는 겁니까? 어서 일어나십시오."

난 무릎을 꿇고 앉은 나기만 교수의 팔을 잡아끌며 일으켜 세우려 했다.

자기가 살기 위해선 의사로서의 최소한의 자존심도 버릴 수 있는 나기만이란 사람. 몹시 불쾌했다.

"김윤찬 선생! 내 말 좀 들어 봐요. 일단 내 사정부터 좀 헤아려 줘야 하지 않겠습니까?"

"무슨 사정을 말씀하시는 겁니까? 제가 교수님의 사정을 경청해야 할 이유는 없는 것 같은데요?"

"아닙니다. 제가 경솔했어요. 좀 더 신경을 써야 했는데, 그렇게 하지 못했습니다. 절 좀 도와줘요, 김 선생!"

나기만 교수가 모든 비굴함을 다 끌어올려 나한테 매달렸다.

"제가 교수님을 도와드릴 것이 없습니다."

"아니, 잠깐만! 내 말 좀 들어 줘요. 난 분명 급성 위장관염을 확인했고, 그에 대한 처방을 했을 뿐이었어요. 불행히도 대동맥-십이지장루를 발견해 내지 못한 건, 제 능력의 한계였을 뿐입니다. 제가 수양이 부족한 탓에 못 잡아내 환자분이 고통을 받았다면, 제가 그 부분은 책임을 지도록 하겠습니다."

간교한 화법.

자신을 낮추고 반성하는 태도를 보이고 있지만, 자신이 잘못 조치한 것이 없다는 걸 내포하고 있었다.

즉, 능력이 부족해서 잡아내지 못한 거지, 절대로 실수가 아니라는 거다.

"자꾸 말 돌리지 마시죠. 직접적으로 말씀하세요."

"그래, 말 돌리지 않고 직접적으로 말할게. 김윤찬 선생이 집도의잖아. 그러니 김성수 씨 가족에게 내 사정을 잘 좀 말해 달라는 겁니다. 그 정도는 동료끼리 해 줄 수 있는 것 아닙니까?"

"동료라…… . 제가 언제부터 동료였던가요?"

"미안해요. 나한테 감정이 안 좋은 건 알아요. 그렇지만 대승적인 차원에서 좀 봐 달라는 거죠. 부탁합시다."

지금의 위기를 탈출하기 위해선 자식이 아니라 나라도 팔아먹을 수 있는 인간이었다.

"전 모르겠습니다. 교수님을 위해서도 아니고, 김성수 환자를 위해서도 아닙니다. 전 제가 두 눈으로 보고, 두 귀로 들은 팩트만을 말씀드릴 뿐입니다."

"알아, 김윤찬 선생이 원칙론자라는 거 잘 알아요. 하지만. 제 사정도 좀 생각해 줘요. 우리 애가 아직 어립니다. 제발!"

나기만이 애처로운 눈빛으로 애원했다.

"지금 저한테 이러시는 거, 오히려 교수님한테 불리하시다는 거 모르십니까? 저한테 찾아올 게 아니라, 먼저 김성수 씨 가족분들에게 찾아가서서 사죄하는 것이 도리 아닙니까?"

"……."

"지금까지 김성수 씨 가족들에게 단 한 번이라도 진정성 있게 사과하신 적 있습니까?"

"아니, 김윤찬 선생도 잘 알지 않습니까? 가족들에게 사과하는 순간, 모든 게 끝이에요. 제가 실수한 걸 모두 인정하는 꼴 아닙니까?"

"실수를 하셨으면 당연히 인정하셔야죠. 교수님은 첫 시작부터 잘못되셨습니다!"

"……결국, 도저히 안 된다는 겁니까?"

엉거주춤한 자세로 서 있던 나기만 교수가 무릎을 곧추세웠다.

"뭔가 된다, 안 된다를 논할 자격이 저한테는 없습니다. 그러니 다시는 이 일로 저를 찾아오지 마십시오. 같이 공범이 되자는 것처럼 들려 몹시 불쾌합니다."

"그래요, 알겠습니다. 오늘 김윤찬 선생이 해 준 충고, 절대로 잊지 않겠습니다."

더 이상 씨알이 먹히지 않을 것 같은 상황이 되자, 나기만 교수의 눈빛이 날카롭게 변하기 시작했다.

"네, 다시는 이런 일이 일어나서는 안 되겠죠."

"김윤찬 선생은 실수하지 않을 것 같아요?"

그동안 저자세였던 나기만 교수가 김윤찬을 매섭게 노려봤다.

"당연히 실수를 하겠죠."

"김윤찬 선생, 내 말 잘 들어! 당신은 앞으로 그 어떤 실수도 하지 말아야 할 겁니다. 그 어떤 실수라도 김윤찬 선생에게 갖다 대는 잣대는 가혹할 거니까."

"아뇨, 실수를 했다면 그것을 인정하고 받아들이면 쉽습니다. 누군가의 잣대에 의해 평가받을 일은 없을 것 같군요. 저는 실수를 할 경우, 인정하고 처벌을 받을 각오가 되어 있으니까요. 저 바쁘니까 이만 돌아가 주십시오."

"그래요. 그 말 깊이 새겨 두죠. 세상일은 모르는 겁니다. 오늘 내 처지가 언젠가는 김윤찬 선생의 처지가 될 수도 있는 거니까."

쾅!

나기만 교수가 벌떡 일어나 거칠게 문을 열고 나갔다.

그리고 얼마 후.

한상훈 과장이 내게 했던 말, 자기는 가지고 있지만 난 가지고 있지 않다는 그 말의 의미를 깨닫게 되는 일이 벌어지고 말았다.

"선생님, 접니다."

김성수의 아내 한성실이 나를 찾아왔다.

"네, 들어오십시오."

"네, 선생님. 이거……."

김성수 환자의 아내, 한성실이 수줍게 음료수 박스를 내밀었다.

"아휴, 이런 거 사 오시지 말라니깐요."

"아니에요. 어떻게 남사스럽게 맨손으로 선생님을 뵈러

옵니까? 싸구려 음료수니까 너무 신경 쓰지 마세요. 목마를 때 동료분들이랑 나눠 마시세요."

한성실이 마다하는 내 손에 억지로 음료수 박스를 쥐여 주었다.

"네에, 그럼 잘 마시겠습니다. 그나저나 무슨 일이십니까?"

"이런 말씀을 드려도 되려나 모르겠네요……."

한성실은 자신의 손을 만지작거리며 말을 꺼내지 못하고 머뭇거렸다.

"편하게 말씀하셔도 됩니다."

"그, 그럴까요? 사실은 제가 상의를 드릴 분이 없어서 선생님을 찾아왔어요."

한성실의 얼굴에 근심이 가득해 보였다.

"네, 말씀해 보십시오."

"다름이 아니라……."

그녀가 힘겹게 입술을 떼어 꺼내 놓은 얘기는 충격적이었다.

"그러니까 변호사가 사의를 표명했다고요?"

"네, 그렇습니다. 이번에 우리 남편 변호를 해 드릴 수 없다고 하면서, 우리에게 가급적 합의를 보라고 하더라고요. 큰 병원이랑 싸워서 이길 확률이 없다고요."

이런 미친! 한상훈 과장, 벌써 거기까지 손을 쓴 건가?

"그런 일이 있었군요."

"저희 같은 사람들이 법에 대해서 뭘 알겠습니까? 어떻게 해야 할지 모르겠어요."

한성실이 천천히 고개를 내저었다.

"음, 그 변호사가 그 밖에 다른 말은 한 게 없습니까?"

"네, 자기가 다리를 놔 줄 테니까 적당한 선에서 병원 측과 합의를 보는 게 좋을 것 같다고 하더라고요. 어차피 소송에 들어가면 결과가 나오기까지 오래 걸리고 우리가 먼저 지칠 거라고 하면서, 우리 아들 취업 자리도 알아봐 줄 수 있다고……."

아무래도 한상훈 과장이 자신의 변호사를 활용해 김성수 씨와 그의 보호자를 회유한 모양이었다.

"그래서 어떻게 하실 생각이십니까?"

"뭘 어떻게 합니까? 저는 돈 같은 거 필요 없습니다. 우리 아들내미도 자기 아버지 팔아 취업 같은 거 하고 싶은 마음은 눈곱만큼도 없어요. 저흰 그저 진실을 알고 싶은 것뿐입니다! 전 끝까지 가고 싶은데, 저희 가족을 도와줄 사람이 없군요."

"……."

"선생님, 저…… 선생님한테 여쭙고 싶은 게 있어요. 솔직히 대답해 주신다고 약속해 주시겠습니까?"

"네, 약속해 드리겠습니다. 말씀해 보세요."

"변호사가 그러던데, 의사들은 절대 다른 의사들에게 불리한 증언은 안 한다고 하더라고요. 그래서 선생님한테 가봐야 아무런 소용도 없을 거라고 그러던데, 그 말이 사실인가요?"

한성실이 내 눈치를 살피며 조심스럽게 입을 열었다.

"네, 그런 면이 없지 않아 있는 건 사실입니다."

"역시 그런 거군요. 하기야 팔이 안으로 굽지 밖으로 굽겠습니까? 많이 배우신 의사 선생님들이 못 배운 우리보다 못한 것 같네요."

"……."

"제가 시장 바닥에서 좌판 장사만 20년째입니다. 시장 바닥에서 굴러먹다 보면 같이 장사하는 사람들끼리 언니, 동생하기 마련이죠. 먹고살기 힘들다 보니, 손님들에게 팔아서는 안 되는 생선도 팔고, 야채도 팔 때가 있어요."

"……."

"그러다 간혹, 손님이 배탈이 나거나 식중독에 걸려 따지러 올 때가 있죠. 그러면 그 손님이 저한테도 가끔 물어봅니다. 이런 거, 저런 거를 팔아도 되냐고요. 이거 사람이 먹을 수 있는 거냐고요."

"……."

"전 그럴 때마다 손님한테 솔직히 말하곤 했답니다. 피붙이처럼 지내는 동료도 중요하지만, 그 손님의 건강도 중요하니까요. 그래 놓고 동료랑은 나중에 쓴 쐬주 한잔 마시면서 털어 버리는 게 우리네 삶이죠. 그런데 많이 배우신 양반들은 그걸 왜 못 하는 걸까요? 그게 그렇게 어렵습니까? 실수를 인정하는 게 그렇게 힘든 일이냐고요!"

한성실이 원망 섞인 시선을 내게 흩뿌렸다.

"그런 면이 없지 않다고 했지, 제가 그런다는 의미는 아니었습니다."

"네? 그, 그러면요?"

"전 제가 확인한 것, 그리고 모든 사실에 의거해 제 의견이 필요하다면 설명할 생각입니다. 같은 의사라고 의사의 편에 서지도 않을 것이고, 그렇다고 보호자님의 편에 서지도 않을 겁니다."

"저, 정말인가요? 그렇게 해 주실 수 있으세요? 변호사가 그러는데, 의사들은 절대 같은 의사 등에 칼을 꽂지 않는다고 하던데요?"

"등 뒤에서 칼을 꽂는 건 비겁한 짓이죠. 물론 그런 짓은 안 합니다. 하지만 그들이 말하는 거짓말을 진실이라고 호도하지도 않을 겁니다. 제가 보호자님께 불리한 발언을 할까 봐 찾아오신 모양인데, 그런 일은 없을 테니 걱정 마십시오."

"죄송합니다. 정말 죄송합니다."

"아닙니다. 괜찮습니다."

"선생님을 못 믿어서가 아니에요. 저쪽에서 하도 우릴 비참하게 만들어서 억장이 무너져 이렇게 찾아온 겁니다. 우리 아들이 대성통곡을 하더라고요. 그 사람들이 찾아와 제안을 하는데 잠시 혹했다고요! 혹해서 순간, 아버지라도 팔아 취업하고 싶은 마음이 들었다고요!"

엉엉엉, 한성실이 목 놓아 울음을 터뜨리고 말았다.

이기석 교수 연구실.

"김윤찬 선생은 이쯤에서 빠지세요."

몇 마디 하지도 않았는데, 내가 뭘 상의하러 왔는지 단번에 알아차린 이기석 교수였다.

"네? 그러면 이대로 넘어가란 말입니까?"

"넘어가라는 게 아닙니다. 상대가 쳐 놓은 올가미에 스스로 발을 집어넣는 어리석은 짓은 하지 말라는 겁니다."

"상대가 쳐 놓은 올가미요?"

"그래요. 제가 한국에 와서 제일 먼저 뼈저리게 느낀 게 뭔지 아십니까? 바로 의학계의 집단 이기주의, 바로 그겁니다. 흔히 관행이란 명분하에 자행되고 있는!"

"……부끄럽습니다."

"좋은 게 좋은 거다, 이 바닥에서 오랫동안 살아남으려면 모나게 굴면 안 된다. 이런 말도 안 되는 개소리가 어디 있습니까? 그러면서 서로서로를 공범으로 만듭니다. 빼도 박도 못하도록 말이죠."

이기석 교수의 지적은 온당했다.

동업자 정신이라는 것.

좋은 의미로 살핀다면 서로 공명정대하게 경쟁하며 상대를 저열한 방식으로 공격하지 않는다는 이 말.

하지만 적어도 대한민국 의학계에선 다르게 적용이 되는 듯했다.

"네, 교수님 말씀이 맞습니다."

"몇몇 의료 소송 사례를 보니, 감정의들의 진술이 가관이더군요. 명백한 과실임에도 불구하고 항상 말미에는 그럴 수도 있다, 인간이 신이 아닌 이상 그 정도의 오차는 허용할 수 있다라는 멘트를 꼭 달아 두더군요. 이거 너무 웃기는 것 아닙니까? 이런 게 진정 그들이 말하는 동업자 정신입니까?"

이기석 교수의 논리는 조금의 틈도 없을 정도로 완벽했다. 내가 끼어들 틈이 없었다.

"그러면 전, 어떻게 하는 게 좋겠습니까?"

"제가 이미 말했을 텐데요, 이쯤에서 빠지라고. 한상훈 과장은 바로 그 빌어먹을 동업자 정신을 빌미 삼아, 김윤찬 선생 조리돌림을 하려는 겁니다. 아마, 나기만 교수도 김윤찬 선생을 찾아와 읍소했을걸요."

"네, 맞습니다. 그걸 어떻게 아셨습니까?"

"역시 그랬군요. 무릎이라도 꿇고 애원하던가요?"

이기석 교수가 미간을 좁히며 인상을 썼다.

이 인간 뭐야?

"네, 맞습니다. 그러더군요. 그런 것까지 예측하셨던 겁니까?"

"한상훈이란 인간의 머릿속에서 그 정도밖에 더 나오겠습니까?"

"……."

"그 알량한 동업자 정신을 헌신짝처럼 내팽개쳤다고 김윤찬 선생을 비난하려면 최소한의 명분이라는 것이 필요했을 테니까요. 김윤찬 선생을 성토하려면 그와는 반대로 동정받을 대상이 필요했을 테죠."

"그렇다고 마냥 손 놓고 있을 수만은 없는 것 아닙니까? 한상훈 과장이 이렇게 반칙하는 걸 두고만 볼 순 없지 않겠습니까?"

"미국 속담에 'Two wrongs make a right.'란 말이 있습니다. 눈에는 눈 이에는 이란 뜻이죠."

"어? 'Two wrongs don't make a right.'가 맞는 표현 아닌가요?"

"아뇨, 오늘부터 내 사전엔 'Two wrongs make right.'가 맞습니다. 상대가 더럽게 군다면 우린 더 더럽게 가는 수밖에 없겠죠."

"그게 무슨 말씀입니까?"

"김윤찬 선생, 이번 일은 저한테 맡기고 당신은 환자에나 신경을 쓰세요. 펠로우 2년 차면 뭔가 보여 주기 시작해야 할 때 아닙니까? 의학에 전념하세요. 특히, 우리 흉부외과는 너무 이론을 소홀히 합니다. 김윤찬 선생은 이론과 실전을 겸비한 완벽한 써전이 되어야 해요. 알았죠?"

뭔가 가슴이 뭉클거린다.

지금까지 이토록 나를 진심으로 대해 준 사람이 있었던가?

치고 올라오는 놈 내리밟고, 내 위에 있는 놈들 목덜미 잡아 끌어내리는 데 급급했던 회귀 전의 삶.

젠장, 아무리 생각해 봐도 단 한 명도 떠오르지 않는다.

"네, 명심하겠습니다."

"그래요, 그러면 이만 나가 보세요!"

이기석 교수가 흐뭇한 미소를 보이며 내 어깨를 두드려 주었다.

고맙습니다, 교수님!

하지만 저 때문에 교수님이 곤경에 처하겐 할 수 없죠. 그 마음만 고맙게 받겠습니다!

저한테도 생각이 있으니까요!

일주일 후, 한상훈 과장실.

"어때? 김윤찬이는 좀 잠잠한가?"

"글쎄요. 아직은 감이 잘 오지 않습니다. 교수님이 말씀하신 대로 하는 데까진 해 봤는데 말이죠."

나기만이 고개를 갸웃거렸다.

"그래그래, 그냥 흉내만 내면 될 거야. 방금 원장님 방에 갔다 왔는데, 이번 일 조용히 마무리되길 바라고 계시더라고. 김윤찬이 아무리 천방지축이지만, 이 상황에서 섣불리 나서긴 힘들 테니 너무 걱정 마."

"그래도 좀 불안하긴 합니다, 과장님."

"이 사람아! 그렇게 약해 빠져 가지고 어떻게 큰일을 도모해? 자네, 그 정도 배포밖에 안 되나?"

"죄송합니다."

나기만이 무안한 듯 고개를 숙였다.

"대한민국 대학 병원에서 자기 동료를 저격한 의사가 무슨 염치로 얼굴을 들고 다닐 수 있겠나? 김윤찬 그 인간, 괜히 천지 분간 못 하고 날뛰다가는 흔적도 없이 사라지고 말 걸세. 자기도 이게 있다면 상황이 어떻게 돌아가는지 알아차리겠지."

톡톡, 한상훈 과장이 자신의 이마를 건드렸다.

"네, 감사합니다. 전, 무조건 과장님만 믿겠습니다."

"그래, 이 일은 내가 잘 알아서 해결해 놓을 테니까, 자네는 좀 공부나 하지? 솔직히 김윤찬이 보면 갈기갈기 찢어 죽이고 싶지만, 실력 하나만큼은 탐이 나거든. 나 교수가 김윤찬이 반의반만 돼도 어떻게 비벼 볼 수 있을 것 같은데 말이야."

한상훈 과장이 대놓고 나기만의 자존심을 건드리며 말했다.

"네, 과장님! 잠을 줄여서라도 꼭 따라잡도록 하겠습니다."

자존심이 상할 만도 하지만, 나기만의 입장에서 지금은 바짝 엎드려 있어야 할 때였다.

"그래, 하는 데까지 해 봐. 그래야 나도 자네를 밀어줄 명분이 있을 것 아닌가."

상대의 자존심을 눌러, 앞으로 함부로 기어오르지 못하게 하려는 한상훈 과장의 의도였으리라.

띠리리리.

그 순간, 인터폰이 울렸다.

"무슨 일이야?"

—법무 법인 김 앤 정의 수석 변호사란 분이 찾아오셨는데요, 어떡할까요?

"뭐라고?? 누구?"

-네, 수석 변호사 황정의라고 하시는데요?

"뭐? 황 변호사라고??"

황 변호사란 말에 한상훈 과장의 동공이 부풀어 올랐다.

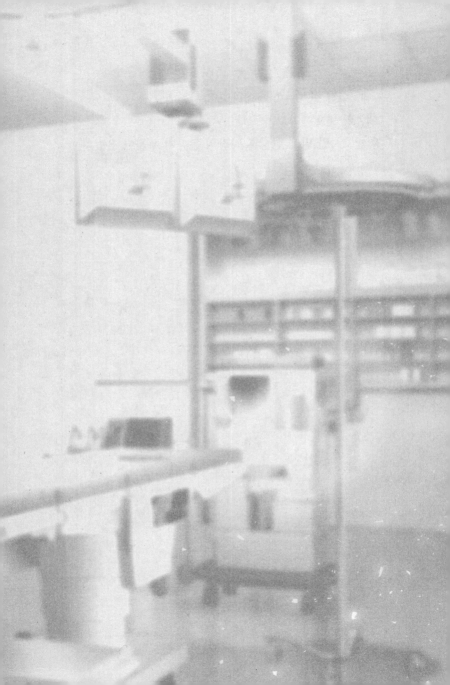

어머니와 아들

"황 변호사님이 여길 어떻게……."

김 앤 정!

국내 최고의 로펌이자 김귀남의 아버지가 대표 변호사로 있는 곳이었다.

게다가 황정의 수석 변호사가 누군가?

대학 병원 전문의 출신 변호사 아니던가?

이기지 못할 소송은 아예 맡지도 않는다는 소문이 돌 정도로, 의사들 사이에선 공포의 저승사자로 악명(?)이 높은 변호사였다.

그런 황정의가 나타났으니 한상훈 과장도 긴장하지 않을 수 없었다.

"그냥 과장님께 인사나 드리려고요."

"아, 그렇습니까? 그러면 연락이라도 하고 오시죠. 제가 외출 중이었으면 어떡하려고 그러셨습니까?"

"괜찮습니다. 제 의뢰인 뵙고 회사로 돌아가는 길이었으니까요."

"아, 그러십니까? 우리 병원에 의뢰인이 계셨습니까?"

몸값도 몸값이지만 아무나 의뢰를 맡길 수 있는 변호사가 아닌 황정의.

김성수 환자가 그의 의뢰인일 거란 생각은 눈곱만큼도 하지 못했으리라.

"네, 그렇습니다. 제가 알기론 우리 한 과장님 쪽 환자인 것 같던데요. 김성수 씨라고…….."

"네?? 누, 누구요?"

김성수라는 말에, 한상훈 과장이 곧 말을 더듬기 시작했다.

"네, 이 병원 흉부외과 병동에 입원해 있는 김성수 씨요. 모르셨습니까?"

"아……. 그게, 황 변호사님이 김성수 씨 소송을 맡으셨단 말인가요?"

"왜요? 제가 맡으면 안 될 일이라도 있나요?"

황 변호사가 뒷짐을 진 채 무심히 과장실을 둘러보았다.

"아, 아닙니다. 그게 아니라……."

당황한 한상훈 과장이 어쩔 줄 몰라 했다.

"옆에 계신 분은 누구십니까?"

그러자 황정의 변호사가 턱짓으로 뻘쭘하게 서 있던 나기만 교수를 가리켰다.

"아, 네. 우리 과 나기만 교수십니다. 인사드려요, 나 교수!"

나기만 교수가 멍하니 넋을 놓고 있자 한상훈이 팔꿈치로 그의 옆구리를 건드렸다.

"네, 나기만이라고 합니다."

"아이고, 나기만 교수님이셨습니까? 반갑습니다. 앞으로 자주 뵙겠네요? 우리 인사나 합시다."

황정의 변호사가 환한 얼굴로 손을 뻗어 나기만에게 악수를 청했다.

"네, 반갑습니다."

황정의 변호사가 누군지 알 길이 없는 나기만이었기에 한상훈의 눈치만 볼 뿐이었다.

잠시 후.

그렇게 황정의 변호사가 밖으로 나가자 한상훈 과장의 낯빛이 납덩이처럼 굳어지기 시작했다.

"저, 저분은 누구십니까? 김성수 환자 변호인이라고 하는 것 같던데……."

"……."

나기만의 질문에도 한상훈 과장은 묵묵부답, 똥 씹은 표정만 짓고 있었다.

"과, 과장님?"

"……."

여전히 아무 말 없는 한상훈 과장.

"과장님, 괜찮으신 겁니까?"

"후우, 나 교수! 지금부터 내 말 잘 들어."

한상훈 과장이 한숨을 푹 내쉬더니 그제야 입술을 뗐다.

"……네, 말씀하십시오."

"황정의 변호사가 나섰다는 건, 김 앤 정이 나섰다는 거야. 김 앤 정이 나섰다는 게 무슨 말인지는 알겠지?"

"아, 네. 그쪽이 국내 최고의 로펌이라는 건 압니다."

"김 앤 정은 그냥 로펌이 아니야!! 맘만 먹으면 대통령도 만들어 낼 수 있는 사람들이 그 사람들이라고!"

"그, 그 정도입니까?"

"황정의 변호사라는 사람, 김성수 따위가 의뢰할 수 있는 변호사가 아니야. 아무래도 귀남이가 움직인 것 같은데……."

"귀남이라면? 소아과 펠로우 김귀남을 말씀하시는 겁니까? 예전에 폐디스토마에 감염되었던?"

"그래, 그때 내가 폐선암으로 진단한 걸, 김윤찬이 엎어 버렸지. 찢어 죽일 놈! 그 두 사람이 친구야."

한상훈 과장이 말아 쥔 두 주먹을 부르르 떨었다.

"그, 그러면 전 어떻게 되는 겁니까?"

"뭘 어떻게 돼? 지금이라도 당장 김성수 가족한테 찾아가서 빌어! 무조건 빌어! 그 방법밖에는 없으니까!"

"네?? 그, 그게 무슨 말씀이십니까?"

"내 말 못 알아들었어? 그냥 가서 무릎 꿇고 빌라고!!"

쾅, 한상훈 과장이 신경질적으로 책상을 내리쳤다.

"네. 아, 알겠습니다."

"앞으로 정말 힘든 싸움을 해야 할 거야. 나기만 교수, 당신 맘 단단히 먹는 게 좋아! 알았어?"

"네, 알겠습니다. 전, 그저 과장님이 시키는 대로만 하겠습니다."

물에 빠진 나기만!

지금은 지푸라기라도 잡고 버텨야만 하는 절박한 상황이었다.

"모지리 같은 인간! CT 한 번만 찍어 봤으면 될 일을 이 지경으로 만들어? 꼴도 보기 싫으니까 당장 내 눈앞에서 사라져!"

한상훈 과장이 나기만에게 시선도 주지 않은 채 손을 내저었다.

흉부외과 하늘공원.

"귀남아, 고맙다! 이거 마셔."

난 귀남에게 캔 커피 하나를 던져 주었다.

"이걸로 퉁 치려고?"

딸깍, 캔 커피를 받아 든 김귀남이 피식거렸다.

"야, 펠로우 월급 얼마나 된다고……. 좋아! 오늘 청수옥 가자! 내가 쏠게!"

"됐네! 그나저나 이 정도면 지난번 빚은 갚은 셈이냐?"

"무슨 빚?"

"모르는 척하는 거야, 아니면 알면서도 그러는 거야?"

"몰라, 진짜!"

"인마, 내 폐 한쪽 날릴 뻔한 거 네가 구해 줬잖아."

"그게 뭐? 의사가 환자 살린 게 뭐 대수라고? 그리고…… 친구끼리 그런 거 없다."

"짜식! 너, 어디서 영화 좀 봤냐? 간지 작살이다?"

추릅, 김귀남이 캔 커피를 한 모금 베어 물었다.

"고마워, 도와줘서. 힘든 결정이었을 텐데……."

"친구끼리 그런 거 없다!"

훗, 김귀남이 나를 보며 환하게 웃어 주었다.

그렇게 김귀남의 아버지 김부식 회장의 도움으로 김성수 환자의 변호인으로 김 앤 정의 수석 변호사 황정의가 선임되었고, 길고 지루한 법정 공방이 시작되었다.

♥

한 달 후, 응급실.

"비키세요! 비키세요! 환자입니다!"

드르륵, 드르륵.

119 구급대원들이 스트레처 카에 환자를 싣고 응급실 안으로 들어왔다.

"한용기 대원님! 어떻게 된 겁니까?"

구급대원 중에 한용기 대원이 있었다.

"네, 선생님! 혈압이 떨어져서 에피네프린 1앰풀 투여했는데, 혈압이 잡히질 않습니다."

"당장 베드에 눕혀 주세요!"

"네, 선생님."

베드 위에 놓인 환자. 20대 초반의 젊은 남자였다.

다양한 형태로 찾아오는 심장마비.

하지만 심장마비라도 모두 초위급한 것은 아니다.

나와 택진은 응급조치를 했고, 환자는 어느 정도 의식이
돌아온 상황이었다.

"일단 관상동맥 조영술 해 볼게요! 준비해 주세요."

"네, 선생님!"

잠시 후, 관상동맥 조영술 CT 결과가 나왔다.

심장으로 가는 세 개의 관상동맥.

모니터 속 관상동맥 세 가닥 중 두 가닥에서 조영제가 지
나가지 못했다. 즉, 심근경색에 의해 심장마비가 왔었던 것.

"윤찬아! 이거 MII(심근경색) 맞지?"

모니터를 응시하던 이택진이 물었다.

"어, 그런 것 같네. 아무래도 제세동기 삽입해야 할 것 같
아."

"그래도 부정맥 유도 검사, 전기 심장 생리 검사 해 봐야
하는 것 아냐?"

"물론이지. 당연히 해 봐야지."

그렇게 각종 검사를 해 본 결과, 다행히도 발작성 부정맥
도 없었고 전기 심장 생리 검사도 정상이었다.

그렇다면 제세동기를 심장에 삽입하기만 하면 크게 위험
한 상황은 아니었다.

"환자 제세동기 삽입술 할 겁니다. 수술방으로 바로 옮겨
주세요. 3번 방요!"

"네, 알겠습니다, 선생님!"

후배 레지던트들이 스트레처 카에 환자를 싣고 수술방으로 환자를 옮기기 시작했다.

"서, 선생님! 우리 아들은 어떻게 된 겁니까?"

드르륵, 환자를 싣고 복도로 나오자, 환자의 어머니가 우리에게로 달려왔다.

떨리는 목소리.

얼마나 놀랐는지 신발도 신지 않은 채 백지장 같은 얼굴이었다.

"네, 걱정 마세요. 간단한 시술만 하면 곧 괜찮아질 겁니다."

"저, 정말입니까?"

"네네, 어머님! 많이 놀라셨겠지만 그렇게 위험한 건 아니에요. 그러니까 저기 앉아서 잠시만 기다려 주세요."

이택진이 휘청거리는 아주머니를 부축해 의자에 앉혀 주었다.

"저, 정말 괜찮은 겁니까?"

"물론이죠. 시술하는 데 한 30분 정도 걸릴 겁니다."

"그렇습니까? 우리 아들, 제발 좀 살려 주십시오."

아주머니가 이택진의 손을 붙잡고 눈시울을 붉히며 애원했다.

경의실.

"진짜 엄마 입장에선 깜짝 놀랐겠다. 아들이 갑자기 쓰러졌으니 얼마나 놀라셨겠어?"

"그러게."

"허구한 날 때려치우고 싶다가도 저런 분을 뵈면 내가 흉부외과에 들어온 게 잘한 거다 싶어. 저분들이 믿고 의지할 사람은 우리뿐이잖냐."

"그러니까 더욱더 집중해야지."

"알아! 아무튼, 오늘 잘해 보자고, 친구!"

"사실, 그냥 나 혼자 하는 게 편하긴 한데 말이야. 솔직히 네가 옆에 있으면 걸리적거리기만 하거든."

김윤찬이 수술복으로 환복을 하며 슬쩍 구시렁거렸다.

"너, 죽고 싶냐? 어!"

그러자 이택진이 쌍심지를 켜며 노려봤다.

"해 본 소리야. 뭘 그런 거 가지고 발끈해?"

"그러니까 그 조동아리 조심해라. 잘난 척 그만하고! 나도 이제 좀 악착같이 배워야겠어. 내가 너 혼자 잘나가는 꼴은 죽어도 못 보겠다!"

"알았어, 인마!"

"기다려! 곧 따라잡을 테니까."

이택진이 수술복 끈을 동여매며 눈을 빛냈다.

"그래그래. 기대하마."

"어휴, 그나저나 이거 은근 무거워."

"그럼, 납덩이로 만들었는데 무거워야 정상이지."

제세동기를 삽입할 경우, 엑스레이가 계속 방출되기 때문에 안전을 위해 납옷을 입어야 했다.

"그러게, 이거 한 5㎏ 정도 되나?"

"대충 그럴걸."

그렇게 이택진과 나는 납으로 만든 수술 가운을 걸치고 수술방 안으로 들어갔다.

수술방.

"윤찬아! 베타딘(소독제) 도포한다."

"그래."

그렇게 환자의 가슴에 수술포를 덮고 베타딘을 바른 다음 바로 마취가 시작됐다.

"마취할게요! 환자분, 지금이 가장 아파요. 놀라지 말고 조금만 참으세요."

"……."

"윤찬아! 먼저 상 좀 차려!"

그렇게 이택진이 마취를 하는 동안, 난 시술을 하기 위해 수술 도구들을 정리해야 했다. 흔히 이걸 우린 상을 차린다고 했다.

이제 피부를 절개하고 제세동기를 삽입할 피하 공간을 확보하는 과정이 남아 있었다.

"환자분, 이제 시작하겠습니다!"

"……."

전신마취를 하지 않았기에 환자의 의식은 또렷했음에도 불구하고 대답이 없었다.

"한 번에 바로 갑니다. 별로 안 아프니까 걱정하지 마세요!"

이럴 때는 메스를 들고 한 번에 과감하게 절개를 해야 한다.

환자를 생각한답시고 조심스럽게 할 경우, 환자에게 고통만 더 줄 뿐이었다.

대략 10센티 정도를 절개하는데, 그냥 갈라진 피부 사이로 소량의 피가 흘러나올 뿐, 생각했던 것과는 다르게 대량의 출혈은 없다.

시술을 위해 혈액 팩을 쌓아 놓고 피가 분수처럼 솟구치는 건 영화나 드라마에서나 나오는 일이었다.

이제 혈관으로 들어갈 전선의 길을 만들고 전극 유도선을 삽입하는 과정.

"어때?"

"어, 좋네. 이대로 가면 될 것 같아."

이택진이 모니터를 살펴보며 고개를 끄덕였다.

전극 유도선이 심장의 가장 좋은 위치에 놓였는지 모니터로 확인하면 끝이었다.

이제 전극 유도선을 근육에 고정하고 아이 손바닥만 한 크기의 제세동기를 연결해 확보된 피하 공간에 삽입하고 수처(봉합)하면 끝이었다.

"윤찬아, 수처는 내가 할게."

"오케이!"

바로 그 순간이었다.

이건 뭐지??

그렇게 수술이 마무리되어 갈 즈음, 난 환자의 몸에서 이상한 것을 발견했다.

환자의 얼굴색이 불그스름한 것까지는 그럴 수 있다고 치자.

하지만 환자의 손끝이 특이했다.

환자의 손톱 또한 불그스름했고 가로와 세로로 흰색의 줄이 그어져 있었다.

이런 현상은 심장이 좋지 않다고 나타나는 건 분명 아니었다.

그리고 마지막으로 또 하나의 특징적인 현상.

환자의 숨결에서 마늘 냄새 비스무리한 향내가 올라왔다.

"윤찬아, 어디서 마늘 냄새 나지 않냐? 오늘 너, 마늘 먹었어?"

그 냄새는 이택진도 어렵지 않게 캐치한 듯했다. 녀석이 킁킁거리며 코를 벌름거렸다.

"그런 것 같기도 한데⋯⋯. 뭐, 병원에 오기 전에 환자가 먹었던 것 아닐까?"

"그래? 그래도 이렇게 냄새가 심하다고??"

이택진이 여전히 킁킁거리며 주위를 둘러보았다.

환자 입에서 나는 냄새가 틀림없다.

만약에 환자가 응급실에 실려 오기 전에 마늘을 섭취했다면 큰 문제가 되지 않는다.

그런데 만약에 그렇지 않다면⋯⋯?

그건 그냥 넘길 일은 분명 아니야.

"뭐, 그럴 수도 있는 거지. 그나저나 시술 다 마쳤으니까 김병찬 환자, 병실로 옮기자."

"그래, 수고했다. 그나저나 뭘 그렇게 골몰히 생각해?"

"아냐, 아무것도. 환자 옮기자."

그렇게 택진이와 난 응급실에 실려 온 김병찬 환자의 제세동기 삽입술을 무사히 마칠 수 있었다.

다음 날, 흉부외과 일반병동.

"김윤찬 선생님, 김병찬 씨 보호자분이 급히 찾으십니다!"

수술을 마친 다음 날, 김병찬의 담당 간호사 윤지원이 급히 날 찾아왔다.

"왜요? 환자한테 무슨 일 있습니까?"

"저도 잘 모르겠어요. 일단 가 보시죠."

"네, 알겠습니다."

잠시 후, 난 윤지원 간호사와 함께 김병찬의 병실로 찾아갔다.

이건 무슨 냄새지? 마늘??

병실 안으로 들어가자 방 안의 은은한 마늘 냄새가 코끝을 자극했다.

지난번 수술방에서 맡았던 냄새와 거의 흡사한 냄새.

"보호자님, 혹시 병실 안에서 식사하셨습니까?"

"아, 아뇨."

"그래요? 혹시 마늘 드시지 않으셨나요?"

"아뇨, 입맛이 없어서 아무것도 먹지 않았어요. 아들이 저 모양인데 애미가 돼서 밥이 목구멍으로 넘어가겠습니까?"

"아, 네."

"선생님, 보호자분, 하루 종일 병실에서 꼼짝도 안 하셨어요. 제가 식사라도 좀 하시고 오라고 말씀드렸는데도 한사코 사양하셨거든요."

옆에 있던 윤지원 간호사가 우리의 대화 속에 끼어들었다.

"아, 그래요."

"네, 제가 봐도 좀 안쓰러울 정도예요."

아무리 주위를 둘러봐도 음식물을 섭취한 흔적은 찾을 수 없었다.

분명 마늘 냄새가 나는데? 보호자가 먹지 않았다면 김병찬 씨가 먹었단 말인가? 그럴 리가 없잖아?

"보호자님, 그러면 저 뭐 하나만 더 여쭙겠습니다. 혹시, 김병찬 씨 우리 병원에 오기 전에 마늘을 섭취하신 적 있었나요?"

"마늘요?"

"네, 마늘요. 마늘장아찌나 뭐 아니면, 고기와 같이 섭취했거나."

"아뇨, 마늘은 먹은 적이 없는데요. 우리 애는 마늘을 싫어하거든요. 그나저나 그렇게 말씀하시니까 마늘 냄새가 나는 것 같긴 하네요."

킁킁킁, 김병찬 보호자가 코를 벌름거리며 냄새를 맡았다.

저건 뭐지?

그 순간, 테이블 위에 놓인 보온병 하나가 눈에 들어왔다.

뚜껑은 열려 있었고, 얼핏 살펴보니 반쯤은 비어 있는 듯했다.

"저건 뭡니까?"

"아, 네. 이건 우리 아이가 마시던 도라지 차예요. 우리 애가 워낙 기관지가 좋지 않아서 평소에 달여 마셨거든요. 기운 좀 나라고 끓여 왔습니다."

"아, 네. 그렇습니까? 시술을 받은 상황이라 너무 자극적인 차는 좋지 않습니다."

"네네, 그래서 물처럼 묽게 타서 가지고 온 겁니다. 우리 병찬이가 참 좋아하는 차라서요. 무슨 문제가 될까요?"

"아뇨, 그런 건 아닌데, 아직은 병원에서 지정한 음료만 섭취할 수 있도록 해 주십시오."

"네, 알겠습니다. 그나저나 선생님, 우리 애가 좀 이상한 것 같아요."

김병찬의 보호자, 방영숙이 근심스러운 표정을 지었다.

"네, 그렇지 않아도 그것 때문에 왔습니다. 무슨 문제가 있는 겁니까?"

"처음엔 워낙 갑작스럽게 쓰러지는 바람에 놀라서 그런 줄 알았는데, 병찬이가 말을 못 하는 것 같아요."

"말을 못 한다고요?"

"네, 그것뿐만이 아니라 몸을 잘 움직이지 못하는 것 같아요. 도라지 차를 먹이는데도 입에서 줄줄 흘러내리더라고요."

말을 못 한다고? 손을 못 움직여?

"말을 못 하고 손도 움직이지 못한다는 건가요?"

"네, 선생님! 우리 애 괜찮은 거죠?"

"잠시만요. 제가 확인을 좀 해 보겠습니다. 환자분, 제 말 들리시면 눈을 깜박거려 보실래요?"

그러자 김병찬이 눈을 깜박거렸다.

일단 들리기는 한다는 건데…….

"좋아요. 그러면 제가 손가락을 움직여 볼 테니까 제 손끝을 따라가 보세요."

손가락 두 개를 펴고 좌우로 움직이자, 김병찬의 눈동자가 따라 움직였다.

시신경도 문제없다는 소리!

"좋아요. 그러면 이러면 감각이 느껴지십니까? 느껴지시면 눈을 깜박거려 보세요."

김병찬의 손바닥에 가볍게 압력을 가하자 김병찬이 눈을 깜박였다.

청각, 시각, 촉각 모두 문제가 없다는 건데…….

하지만 김병찬은 몸을 움직이지 못했다.

"보호자님, 큰 문제는 아닌 것 같은데, 혹시 모르니까 NS(신경외과) 선생님한테 좀 봐 달라고 하겠습니다."

"전신마비, 뭐 그런 건 아닌 거죠? 그렇죠?"

"네네, 청각신경, 시신경은 아무런 문제가 없는 것 같아요. 일시적인 쇼크로 그럴 수도 있으니, 너무 걱정하지 마십시오."

"네에, 알겠습니다. 저는 선생님만 믿겠습니다!"

"네, 최선을 다해 보겠습니다. 그나저나 식사도 좀 하시고 좀 쉬십시오. 그러다가 보호자님도 쓰러지시겠습니다."

"아뇨, 아뇨, 전 괜찮습니다. 우리 병찬이가 언제 일어나 '엄마!' 하고 부를지도 모르는데, 옆에 있어야죠. 전 괜찮으니까 신경 쓰지 마십시오."

"아, 네. 아무튼 간병도 그렇게 쉬운 일은 아니니, 좀 쉬엄 쉬엄하세요."

"네에, 감사합니다."

❤

잠시 후.

"선생님!"

그렇게 김병찬의 병실을 나오는데 윤지원이 내 팔을 붙잡았다.

"네? 왜요?"

"김병찬 환자한테서 이상한 점 발견 못 했어요?"

윤지원 간호사가 고개를 갸웃거렸다.

"아뇨, 잘 모르겠는데요?"

"좀 전에 선생님이 손 만지시면서 운동신경 확인하실 때, 김병찬 환자, 굉장히 빨리 눈을 깜박거렸어요."

"눈을요?"

"네네, 계속 깜박이던데?"

"그래요? 뭐…… 눈에 티끌 같은 게 들어갔으면 그럴 수도 있겠죠. 손을 사용할 수 없으니까요."

"뭐, 그럴 수도 있겠네요. 아! 그리고 좀 전에 보호자분이 가지고 오신 보온병요."

"아, 네. 도라지 차를 담아 놓았다는?"

"네네, 그거요. 저도 한번 주의를 주긴 줬는데, 계속 환자분한테 마시게 하는 것 같던데, 괜찮을까요?"

"네, 도라지 차가 문제 될 건 없어요. 심하게 과용하지만 않는다면야."

"그렇군요. 좀 걱정이 돼서요. 왠지……."

윤지원 간호사가 고개를 갸웃거렸다.

"왠지요? 어떤? 무슨 문제라도 있나요?"

"아, 아니에요. 그냥요. 그냥 제 직감이요."

윤지원 간호사가 어깨를 으쓱거렸다.

"네에, 괜찮을 겁니다."

며칠 후, 신경외과.

김병찬을 진료한 신경외과 김신경 교수가 나를 호출했다.

"김윤찬 선생, 이 환자 머리를 다쳤던 적이 있나?"

모니터를 살펴보던 김신경 교수가 눈매를 좁혔다.

"아니요, 보호자분한테 그런 얘기는 들었던 적이 없습니다."

"그래? 분명 머리를 다쳤던 적 있는 것 같은데 말이야."

획, 김신경 교수가 모니터를 내 쪽으로 돌려 주었다.

"여기 봐 봐. 분명 EDH(Eipdural Hemorrhage, 경막외출혈) 흔적이 있잖아."

경막외출혈이란 머리에 심한 충격을 받아 두개골과 뇌를 감싸고 있는 경막 사이에 출혈이 생겨 고인 상태를 말했다.

김병찬의 CT 결과를 살펴보니, 왼쪽 뇌 부분에 허옇게 음영이 져 있었다.

"저 부분이 출혈 자국이라는 건가요?"

"그래, 분명 출혈 자국이 맞긴 한데 말이야. 이상한 게 있어."

김신경 교수가 고개를 갸웃거렸다.

"어떤 점이 이상하다는 말씀입니까?"

"일반적으로 이렇게 경막외출혈이 생기면 고인 혈액 때문에 두개압이 상승하게 되거든. 결국 혈종이 뇌를 압박해 엄청난 고통이 있었을 텐데 말이야……."

"네, 그렇겠죠."

"측두골절이 바로 밑에 지나가는 미들 미니지얼 아테리(중경막 동맥)를 침범하기 쉽거든. 아테리(동맥)잖나? 그렇게 되면 피가 분수처럼 뿜어져 나와서 뇌압이 미친 듯이 올라가거든. 그러면 거의 응급개두술을 하지 않으면, 반신불수나 사망이 보통이야. 아마, 초기 두통에 구토가 장난 아니었을 텐데……."

"그런데요?"

"근데, 치료한 흔적이 없어."

김신경 교수가 심각한 표정으로 고개를 내저었다.

"네?? 그게 무슨 말씀이십니까?"

"말 그대로 치료를 받았던 흔적이 없다고!"

"그냥 놔뒀다는 말씀이십니까?"

"그래, 제대로 된 치료를 받았다면 저렇게 멍 자국이 심하지 않아. 이것저것 검사를 해 보니, 사고가 난 지 꽤 시간이 지난 것 같은데, 치료를 받지 않았던 것이 틀림없어."

"음…… 그렇군요."

"그래, 만약에 제때에 치료를 받지 않았는데도 지금 저 정도라면, 이건 뭐 기적이지."

"그렇군요. 그러면 지금 김병찬 환자가 몸을 제대로 움직이지 못하는 이유도 이와 연관이 있다는 건가요?"

"뭐, 다른 특별한 증세가 없으니 연관이 없다고 말하긴 힘들지. 아무래도 영향이 있다고 보는 게 더 합리적이지 않을까?"

"그렇군요. 그러면 하나만 더 여쭙겠습니다."

"뭐, 여러 개 여쭤봐도 괜찮아. 김연수 선생 출산휴가 받아서 나가는 바람에 말동무가 없어졌거든. 그래, 뭔데?"

빙그르, 김신경 교수가 의자를 돌려 앉았다.

"보통 EDH(경막외출혈)는 외상으로 인해 발생하지 않습니까?"

"그렇지, 일반적으로 외상성이지."

"보통 어떤 사고로 EDH가 발생하나요?"

"보통은 뭐, 교통사고 환자에게서 자주 나타나는 편이고, 계단에서 굴러떨어지는 경우에도 흔하게 발생해."

"그렇군요. 그 밖에는요?"

"음…… 이건 뭐, 흔한 케이스는 아닌데, 누군가 야구 배트 같은 걸로 내리쳐도 그럴 수 있긴 해."

"야구 배트요?"

"그래, 뭐 그런 경우 있잖아? 조폭들끼리 야구방망이 들고 싸우다 대가리 터져 오는 케이스! 보통 그런 경우에 EDH일 가능성이 높지."

"아, 네, 그렇군요."

"아무튼, 일단 이미 어느 정도 출혈은 멎은 상태고 뇌압이 심한 편도 아니니까, 경과를 지켜보자고."

"네, 알겠습니다."

"윤찬아!"

그렇게 김신경 교수를 만나고 의국으로 돌아오는데, 이택진이 내 이름을 불렀다.

"어, 왜?"

"NS(신경외과)에 다녀오는 길이야?"

"어, 방금 김 교수님 만나 뵙고 오는 길이야."

"뭐라셔?"

"하아, 김병찬 환자가 머리를 다쳤던 적이 있다고 하시네?"

"그래? 어떤?"

이택진이 궁금한 듯 물었다.

"경막외출혈이라고 하시는데, 좀 시간이 경과됐다고 하시더라고."

"경막외출혈? EDH?"

"어, 근데 지금은 어느 정도 상처가 아물어서 심각하진 않은가 봐."

"그렇구나. 그래서 그런가??"

이택진이 미간을 좁히며 고개를 갸웃거렸다.

"왜, 뭔데?"

"아니, 김병찬 환자, 눈을 심하게 깜박거리길래. 난 틱인 줄 알았지."

이택진이 며칠 전, 윤지원 간호사가 했던 말과 똑같은 말을 했다.

♥

김병찬 환자 병실.

"오늘은 환자 좀 어때요?"

난 김병찬의 상태를 확인하기 위해 윤지원 간호사와 함께 그의 병실을 찾았다.

"차도가 없는 것 같아요, 선생님!"

김병찬의 보호자 방영숙이 한숨을 내쉬었다.

"그렇군요. 자, 김병찬 환자, 제 목소리는 잘 들리죠?"

"……."

그러자 김병찬이 눈을 깜박거렸다.

"그러면 지금부터 이렇게 합시다. 제가 몇 가지를 여쭤볼 텐데, 제 질문에 맞으면 눈을 한 번 깜박이시고, 틀리면 눈을 두 번 깜박여 주세요. 알겠죠?"

김병찬이 눈을 한 번 깜박였다.

"혹시 평소에 구토가 잦았나요?"

"……."

김병찬이 눈을 한 번 깜박거렸다.

"그렇군요. 그러면 평소에 근육압통이 심하거나 손이나 발이 떨린 적이 있었나요?"

"……."

역시 김병찬이 눈을 한 번 깜박였다.

"서, 선생님! 왜 그런 걸 물어보는 건가요? 그런 거라면 저한테 여쭤보시면 제가 대답해 줄 텐데요."

김병찬과의 대화가 계속 이어지자, 방영숙이 끼어들었다.

"아, 환자 본인한테 확인할 필요가 있어서요."

"아니, 우리 아들이 힘들어하는 것 같아서요. 저기 보세요. 눈에 눈물이 가득하잖아요."

그러고 보니 어느새 김병찬의 눈에 눈물이 고여 있었다.

"김병찬 씨, 지금 많이 괴롭습니까?"

"……."

미동도 하지 않는 그.

"병찬 씨? 제 질문에 대답하기 힘드시면 눈을 깜박여 보세요."

"……."

그제야 한 템포 늦게 김병찬이 눈을 깜박였다.

"네, 그러면 질문을 그만하도록 하죠. 좋습니다. 신경외과 선생님 말씀이 일시적인 현상일 수도 있으니 좀 더 경과를 지켜보자고 하더군요. 너무 걱정하지 마십시오."

"네에, 알겠습니다."

"그나저나, 식사는 계속 안 하시는 겁니까? 간호사님이 거의 병실에서 두문불출하고 계신다고 하던데……."

"네에, 편의점에서 사다가 간단히 때우긴 했어요. 아들은 아무것도 먹질 못하는데 애미가 어떻게 먹습니까? 우리 아들, 말문 터질 때까진 저도 못 먹어요."

"……아, 네."

방영숙은 거의 24시간을 김병찬 곁에 붙어 있었다.

"그나저나 저건 또 있네요? 도라지 차인가요?"

난 테이블 위에 있는 보온병을 손가락으로 가리켰다.

"아, 아무것도 아니에요. 졸음을 좀 쫓으려고 타 왔거든요. 저건 제가 마실 커피입니다."

후다닥, 방영숙이 서둘러 보온병 뚜껑을 덮었다.

"아, 네. 아무래도 김병찬 씨가 정상으로 돌아오려면 시간이 좀 걸릴 수도 있을 것 같습니다. 그러니까 보호자님도 체력 관리를 하셔야 할 거예요. 여기서 쪽잠 주무시지 마시고 쉬실 때는 쉬십시오. 김병찬 씨는 저나 간호사분들이 잘 돌보고 있으니까요."

"네, 선생님의 말씀이 맞아요. 환자분은 저희가 잘 보살필 테니까, 식사도 하시고 잠도 좀 편하게 주무세요. 이러다가 어머님이 먼저 쓰러지시겠어요."

윤지원 간호사가 걱정스러운 투로 말했다.

"네에, 그렇게 하겠습니다."

"그러면 전 이만 나가 보겠습니다."

"네. 고생하십시오."

방영숙이 허리를 굽혀 정중하게 인사했다.

"선생님, 좀 이상하지 않아요?"

병실에서 나오자마자 윤지원 간호사가 고개를 갸웃거렸다.

"뭐가요?"

"병실에서 향수 냄새가 나는 것 같았어요."

"향수요?"

확실히 그랬다.

전에는 맡아 본 적 없는 향수 냄새가 났다.

"네, 향수 냄새가 틀림없어요. 코코 마드모아젤이라고, 여성용 향수예요. 제가 향수를 좋아해서 잘 알거든요."

"그게 뭐가 이상하다는 겁니까?"

"당연히 이상하죠. 환자가 있는 병실에서 보호자가 향수를 뿌리다뇨?"

윤지원 간호사가 의심 가득한 표정으로 나를 쳐다봤다.

"제가 마늘 냄새가 난다고 하니까, 그랬나 봐요."

"아무리 그래도 그렇지. 전 지금까지 환자가 있는 병실에서 보호자가 향수를 쓰는 건 한 번도 보질 못했어요. 환자한테 혹시나 해가 될 수도 있으니까요. 저라면 아무리 마늘 냄새가 난다 해도 절대 향수는 안 쓸 것 같아요."

"뭐, 기분 전환을 위해서 그랬을 수도 있을 거예요. 향수를 좀 쓴다고 특별히 환자에게 해롭지는 않습니다."

"그렇긴 하지만……."

윤지원 간호사가 여전히 수긍을 할 수 없다는 듯 고개를 갸웃거렸다.

"아무튼, 윤 간호사님이 신경을 좀 더 써 줘요. 특이 사항이 있으면 바로 연락을 주시고요."

"네, 그럴게요."

"아! 오늘도 김병찬 환자가 눈을 자주 깜박이던가요? 저는 못 본 것 같은데."

"아뇨, 오늘은 그렇지 않더라고요. 선생님 말씀대로 제가 너무 과민했었나 보네요."

"네에, 그렇군요. 아무튼, 특별한 환자니까 각별히 신경 써야 할 겁니다."

"네, 그럴게요."

사실은 맞다, 윤지원 간호사의 말이. 나 역시, 병실에서 짙은 향수를 쓰는 보호자는 본 적이 없다.

그 외에도 조금 이상한 것들이 더 있었다.

아들을 간병하기 위해서 한시도 병실을 떠나지 않는 그녀.

식사를 거를 정도로 끔찍하게 아들을 위하는 사람이 매니큐어 색깔을 바꿀 심적 여유가 있었을까?

분명 지난번과는 다르게 방영숙의 손톱 색깔이 바뀌어 있었다.

게다가, 방영숙은 내게 거짓말을 했다.

이미 거의 바닥을 보이는 그 보온병. 그 보온병에 들어 있던 액체는 분명 커피가 아니라 도라지 차였으리라.

게다가 김병찬 환자복 주변에 남아 있는 얼룩, 분명 방영숙은 자신의 아들에게 뭔가를 마시게 했다는 건데……

왜 자꾸 도라지 차를 마시게 하는 걸까?

뭔가 상황이 묘하게 돌아가고 있었다.

윤지원 간호사의 말대로 뭔가 있는 게 틀림없었다.

그날 밤, 당직실.

지친 몸을 이끌고 당직실을 들어가니 이택진이 헤드셋을 낀 채 모니터를 주시하고 있었다.

"뭐 해, 야동 보냐?"

휙, 난 녀석의 헤드셋을 걷어 내 버렸다.

"아, 깜짝이야! 야, 들어오려면 인기척이나 좀 내든가? 심장 떨어지는 줄 알았잖아!"

깜짝 놀란 이택진이 손으로 가슴을 쓸어내렸다.

"계속 인기척했거든! 그러니까 뭘 그렇게 도둑고양이처럼 앉아서 보냐고?"

"야동 아니야, 인마! 다큐멘터리 전쟁 영화 하나 다운받아 놓은 거 있어서 보는 중이야. 지금 하이라이트 부분인데, 이씨!"

이택진이 동영상 재생을 멈추며 투덜거렸다.

"다큐멘터리 영화? 아주 팔자 좋구나. 난 하루 종일 뺑이 치느라 다리가 후들거리는데?"

"내가 원래 전쟁 영화광이잖냐. 아무리 바빠도 이런 명품 영화는 봐야지."

"하여간, 그렇게 전쟁 영화가 좋으면 군인을 하지 그랬냐?"

"그러게 말이다. 나 솔직히 공군사관학교 가서 전투기 조종사 되는 게 꿈이었는데. 이놈의 눈, 눈 때문에 물 건너갔잖냐."

쩝, 이택진이 안타까운 듯 입맛을 다셨다.

"그래서, 무슨 영화인데?"

"어, 내가 설명해 줄게. 영화 배경은……."

내가 관심을 보이자 신이 난 이택진이 주절거리며 설명을 늘어놓기 시작했다.

1960년대 베트남전쟁 배경의 영화.

이 전쟁에 참전했던 전투기 조종사인 주인공이 베트남군에게 잡혀 7년 만에 탈출한 실화를 바탕으로 만든 다큐멘터리 영화였다.

베트남군이 미국의 잔혹한 살상을 폭로하기 위해 꾸민 기자회견장에서, 주인공의 기지로 오히려 베트남군의 전쟁 포로 고문을 세상에 알린 영화였다.

"이런 영화가 있었냐?"

"그래, 이거 얼마나 감동적이냐! 지금 막 하이라이트 장면인데, 네가 들어와서 다 망쳐 났잖아!"

"지금 다시 보면 되잖아!"

"됐거든! 너 때문에 감정선이 완전 무너졌어. 민기 좀 보고 와서 이따가 다시 볼 거야. 너, 이 컴퓨터 만지지 말고 그대로 둬라. 알았어?"

"알았다, 그대로 둘게. 근데 민기면 TV(Tricuspid valve) Atresia(삼첨판 폐쇄증) 환자 맞지?"

"어, 어린애가 참 안됐어."

"그래그래. 그 천사 같은 아이가 왜 그런 병을 앓아야 하는지 모르겠다. 그래도 삼첨판 폐쇄는 그나마 예후가 좋은 편이라 다행이야. 이제 2차 수술 끝냈나?"

보통 TV 환자의 경우, 대부분 3단계를 거쳐 수술이 마무리된다.

이제 민기는 마지막 수술인 전신 정맥-폐동맥 문합술인 폰탄 수술만 남겨 놓은 상황이었다.

"어, 이제 마지막 폰탄 수술만 남았어. 지금까지 버텨 준 녀석이 너무 대견해. 이제 이번 수술만 잘 받으면 건강해질 거야."

"응, 민기 부모님들도 이제 한시름 덜겠네."

"맞아, 아주 민기 어머니 얼굴이 반쪽이 됐더라. 처음에 병원 오셨을 땐, 진짜 우아하고 예쁘셨는데……."

"당연히 그렇겠지. 그동안 얼마나 노심초사하셨겠냐? 그나저나 너 그 발언 매우 위험하다?"

"뭐가 인마! 그냥 그랬다는 거지. 뭐, 환자 보호자라고 예쁘시단 말도 못 하냐? 내가 뭐 음흉한 생각이라도 한다는 거야, 뭐야?"

"아니, 그런 게 아니라……. 뭐, 민기 간호하느라고 화장도 안 하고 외모에 신경을 안 쓰시니까 그러신 거겠지."

"미쳤냐? 심장병 환자를 간호하는 데 화장을 하게? 그런 엄마가 세상에 어딨냐? 얘는 무슨 말 같지도 않은 소릴 지껄이는 거야?"

그렇지! 부모라면 다 그런 거지.

자기 아이에게 조금이라도 해가 가는 행동은 하지 않는 게 부모잖아?

"그렇겠지? 향수 같은 것도 쓰면 안 되겠지?"

"미친놈! 환자 보호자 중에 향수 처바르고 병실에 들어오는 사람이 어디 있냐? 그게 말이 돼?"

"그러게……. 내가 쓸데없는 소릴 한 것 같네. 아무튼, 민기 잘 보고 와. 산소 포화도 잘 체크하고."

"알아! 그런 건 네가 말하지 않아도 잘 아니까, 지적질 좀 그만할래?"

이택진이 입을 댓 발이나 내밀었다.

"미안! 잘 다녀와. 이건 건드리지도 않을 테니까."

난 턱짓으로 컴퓨터 모니터를 가리켰다.

"당연하지. 절대로 손도 대지 말고 딱 이대로 놔둬!"

"알았다니까. 얼른 가 봐."

"그래, 좀 있다가 보자."

"그래."

그렇게 이택진이 당직실을 빠져나갔다.

"아, 잠깐만! 윤찬아!"

그렇게 이택진이 밖으로 나가려다 말고, 발걸음을 멈춰 세웠다.

"왜?"

"김병찬 환자는 괜찮은 거야? 오늘 너무 바빠서 내가 신경을 못 썼네?"

"어, 그대로야."

"그렇구나. 그나저나 내가 아무리 생각해 봐도 이상한 게 있는데 말이야."

"뭐가?"

"김병찬 환자 말이야. 시술받은 직후에 갑자기 말을 못하게 된 거잖아? 다른 보호자들 같으면 의료사고네 뭐네 온갖 난리를 쳤을 텐데 말이야. 왜, 김병찬 보호자는 가만있을까?"

이택진이 고개를 갸웃거렸다.

"음……. 글쎄? 아마도 김병찬 씨가 머리를 다친 경험이 있어서 그것 때문이라고 생각하지 않았을까?"

"그래? 김병찬 환자, 머리 치료한 적 없다면서? 김병찬 씨가 머리를 다쳤던 걸 몰랐다면 더 난리를 쳐야 하는 게 맞지 않아?"

"그런 거 신경 쓰지 말고, 네 환자나 잘 챙겨."

"아니, 너무 이상해서 그러지. 아무튼, 뭐 조용하게 넘어

가서 다행이긴 하지만."

"그래, 괜히 쓸데없는 걱정하지 말고 빨리 민기한테나 가 봐."

"알았어. 다녀오마."

"응."

그렇게 이택진이 고개를 갸웃거리며 당직실 밖으로 나갔다.

그래, 택진아, 네 말이 맞아.

그래서 더 이상하다는 거야.

마치, 방영숙은 지금의 김병찬의 상태를 너무도 당연하게 받아들이는 것 같잖아?

도대체 두 모자 사이에 무슨 일이 있었던 걸까?

의심이 꼬리에 꼬리를 물고 내 머릿속을 어지럽히고 있었다.

잠시 후.

그나저나, 택진이는 뭘 그렇게 집중해서 보고 있었던 거야?

틱, 그렇게 난 이택진이 나가자마자 잠시 멈춤 버튼을 풀고 동영상을 재생시켰다.

와, 이게 실화라고? 7년 동안 얼마나 심한 고문을 받았을……

'뭐야? 저, 저건 뭐지?'

그렇게 동영상을 재생시켜 보는 순간, 난 온몸에 소름이 돋기 시작했다.

모니터 속 주인공의 행동! 주인공은 기자들을 향해 눈을 깜박이는 행동을 반복했다.

따따따 따—따—따 따따따!

짧은 눈짓 세 번, 긴 눈짓 세 번, 다시 짧은 눈짓 세 번!!

지금 저 사람이 모스부호를 사용한 건가?

맞았다.

영화 속 주인공은 외신 기자들을 향해 눈짓으로 구조 신호 (SOS)를 보낸 것이었다.

그렇다면…… 서, 설마, 김병찬 환자가 눈을 깜박였던 것도??

난 곧바로 김병찬 환자 병실로 가서 이를 확인해 보기로 했다.

띠리리링.

그 순간 울리는 전화벨 소리.

김병찬 환자를 맡고 있던 윤지원 간호사의 전화였다.

─김윤찬 선생님이세요?

"네, 접니다. 무슨 일인가요?"

─선생님, 김병찬 환자가 이상합니다. 빨리요!

"왜요? 무슨 일입니까?"

－김병찬 환자 호흡이 급격히 불안하고 선홍색에 거품이 잔뜩 낀 스퓨텀(가래)을 쏟아 내고 있어요. 빨리요!

"선홍색 가래요?"

－네.

"손끝은요? 청색증이 보입니까?"

－네, 사이아노시스(청색증)가 심합니다.

"알겠어요. 지금 바로 올라가겠습니다!"

♥

잠시 후, 김병찬의 병실.

쿨럭쿨럭.

허리가 끊어질 듯 마른기침을 쏟아 내는 김병찬.

급격한 호흡 장애와 윤지원 간호사의 말대로 선홍색의 거품 낀 가래를 쏟아 내고 있었다.

"윤 간호사님, 가슴 소리 좀 들어 볼게요!"

"네, 선생님!"

그러자 윤 간호사가 김병찬 환자의 상의 단추를 풀어 헤쳤다.

극심한 호흡곤란 시 들리는 쌕쌕거림, 즉 청명음이 들렸다.

김병찬 환자의 가슴에 청진기를 가져대 대 보니, 청명음과 함께 거품이 보글거리는 수포음까지 섞여 있었다.

그렇다면……!

난 직감적으로 김병찬 환자의 병명을 진단할 수 있었다.

어큐트 펄머너리 에드마(급성 폐부종)일 확률이 거의 100%에 가까웠다.

"서, 선생님, 우리 병찬이가 왜 그러는 겁니까?"

그 순간, 방영숙이 달려들어 물었다.

"보호자님, 지금 치료 중이니까 잠시만 밖에 나가 계세요."

"아니, 아니, 우리 애는 저 없으면 불안해서 아무것도 못 해요! 제가 옆에 있어야 합니다."

방영숙이 막무가내로 밀고 들어왔다.

"어머님, 치료에 방해가 되니까 잠시만 밖에 나가 계시죠. 이러시면 아드님 치료에 방해가 됩니다. 주치의 선생님이 알아서 잘 치료해 주실 거예요!"

그러자 윤지원 간호사가 방영숙의 팔을 잡아당겼다.

"아, 안 되는데! 우리 아들은 내가 꼭 옆에 있어야 하는데."

"보호자님! 이러면 이럴수록 아드님은 더 위험해집니다. 정말 아드님을 위하신다면 밖에 나가서 대기해 주세요. 보호자님이 계속 이러시면 치료를 할 수가 없어요! 자꾸 이러시면 치료 방해로 인지하고 보안 요원을 호출하겠습니다!"

"아, 알았습니다. 그, 그러면 우리 아들 좀 꼭 살려 주십시오."

보안 요원을 부르겠다는 말에 그때서야 방영숙이 움찔거렸다.

도대체 살려 달라는 말을 몇 번을 하는 건가?

보통 보호자들은 자신의 피붙이를 살려 달라는 말은 잘 하지 않거나 최소한으로 한다.

그들의 가슴속에 피붙이가 죽는다는 건, 상상도 하기 싫은 일이기 때문.

하지만 방영숙은 지금까지 이 살려 달라는 말을 수십 번도 더 했다.

마치 아들이 죽는다는 걸 이미 기정사실로 인정하고 있는 것처럼.

"네, 그건 제가 알아서 할 테니까, 빨리 나가 주십시오! 응급조치를 해야 합니다."

"네네, 알겠습니다."

방영숙 머뭇거리다 어쩔 수 없이 밖으로 나갔다.

잠시 후.

"pcwp(폐동맥 쐐기압) 측정해 봅시다."

"네, 선생님."

스완 간지(Swan Ganz) 카테터를 이용해 pcwp를 측정해 본 결과, 김병찬의 pcwp는 25mmHG였다.

폐동맥 쐐기압이 18mmHG가 넘으면 급성 폐부종으로 볼 수 있었는데, 김병찬의 수치는 이미 그 기준을 넘어서고 있었다.

"윤 간호사님, APE(급성폐부종)입니다."

"그러면 몰핀 IV 해야겠죠?"

당연하지만 쉬운 진단은 아니었다. 일시적으로 정맥을 확장하고 극심한 호흡곤란을 경감시키기 위해 몰핀을 투여해 주는 것이 급선무였다.

윤지원 간호사는 급성 폐부종 치료의 ABC를 정확히 알고 있는 것 같았다.

"네, 그래 주시겠어요? 몰핀 1앰풀만 정맥주사 해 주세요."

"네, 알겠습니다, 선생님!"

꽤 괜찮은데?

지금까지 내가 봐 왔던 간호사들 중에 가장 빠릿빠릿한 간호사였다.

허억허억. 하악하악.

윤지원 간호사가 몰핀을 투여하자 김병찬 환자의 거칠었던 호흡이 조금씩 안정을 되찾고 있었다.

"디지탈리스 1앰풀에 도부타민(강심제) 1앰풀, IV 해 주세요."

"네, 선생님."

미리 오더를 내리지도 않았는데, 윤지원 간호사가 미리 준비를 해 둔 모양이었다.

놀라운데?

윤지원 간호사는 보면 볼수록 능력을 뿜뿜하는 꽤 괜찮은 재원이었다.

심근의 수축과 심박출량을 증대시키기 위한 강심제를 투여해 주자 김병찬 환자의 표정이 한결 편안해진 듯했다.

"윤 간호사님, 혹시 이다음 단계는 뭔지 아십니까?"

"음…… 아미노필린(강심, 이뇨제)을 IV로 주사해 기관지를 확장시켜 주고 나트륨 배설량을 증가시켜 주는 것으로 배웠습니다."

해맑게 웃는 그녀.

웬만한 베타랑 간호사 열 명도 부럽지 않을 실력을 갖춘 간호사였다.

"네, 정확하게 배우셨네요. 그렇게 해 주시고요. 한 30분쯤 후에 ACE 인히비터(ACE 억제제) 투여해 주면 환자, 괜찮아질 겁니다."

하악하악.

거칠었던 호흡도 안정을 되찾았고 이제 기침도 멎긴 했지만, 이미 많이 지쳤는지 김병찬 환자는 눈조차 뜰 힘이 없어 보였다.

후우, 일단 다음 기회에 확인을 해 봐야겠군.

김병찬 환자의 눈짓의 정확한 의미를 파악하려 했던 난, 다음 기회를 노리기로 했다.

"후우, 이제 어느 정도 응급조치는 해결된 것 같군요."

"수고하셨습니다, 선생님!"

바로 그 순간이었다.

"어? 선생님! 김병찬 환자! 또 눈 깜박이는데요?"

윤지원 간호사가 병실 밖으로 나가려던 내 팔을 붙잡았다.

"네?"

난 가던 길을 돌려 김병찬 환자에게로 갔다.

"김병찬 환자, 내 말 들려요?"

"......."

깜박거림 한 번, 즉 들린다는 신호였다.

"지금 저한테 무슨 신호를 보내시려는 겁니까?"

"......."

김병찬이 눈을 한 번 깜박거렸다.

즉, 내 말이 맞다는 의미였다.

"그러시다면 , 방금 한 눈짓 다시 한번 해 봐 주실 수 있어요?"

"……."

다시 한번 깜박. 그렇게 하겠다는 뜻이었다.

"네, 그러면 눈을 깜박여 보시겠어요?"

꿀꺽, 나도 모르게 목울대가 꿀렁거리고 말았다.

나와 윤지원 간호사는 시선을 김병찬의 눈에 고정시켰다.

그리고 마침내 눈을 깜박이는 김병찬이 우리에게 전하고자 하는 글자.

"SOS."

"SOS."

윤지원과 나의 입에서 동시에 터져 나온 단어.

김병찬이 눈짓으로 우리에게 보낸 모스부호는 바로 'SOS'였다.

꿀꺽, 윤지원 간호사가 마른침을 삼켜 넘기며 나를 쳐다봤다.

쿵, 가슴이 철렁거리는 느낌이었다.

쾅!

"서, 선생님! 우리 아들은 어떻게 된 겁니까?"

그 순간, 방영숙이 헐레벌떡 병실 문을 열고 안으로 들어왔다.

"네, 보호자님! 일단 위험한 고비는 넘겼습니다."

"아이고, 다행이군요. 정말 다행입니다. 대체 우리 애가 무슨 병입니까?"

휴우, 방영숙이 안도의 한숨을 내쉬며 놀란 가슴을 쓸어내렸다.

"네. 폐부종이라는 병으로, 폐에 물이 차는 병입니다."

"위험한 겁니까?"

"폐부종 그 자체는 그렇게 위험하지 않지만, 보통의 폐부종은 다른 곳에 문제가 있어 부가적으로 발생하는 사례가 많아, 좀 더 정밀한 검진을 해 봐야 할 것 같습니다."

"시, 심장이 문제라고요?"

갑자기 심장이라고?

난 심장이라고 말하지도 않았는데, 폐부종이 심장 때문에 생긴 걸 당신이 어떻게 알지?

"네? 아, 네. 그렇습니다. 아드님의 폐부종의 원인이 어디에서 시작된 건지 정확히 파악해 볼 필요가 있을 것 같습니다."

"……그, 저기 선생님. 혹시 그 검사, 꼭 해야만 하는 건가요?"

"네?"

"아, 아뇨. 우리 아이가 너무 힘들어하는 것 같아서요. 지난번에도 조직 검사다 뭐다 할 때마다 병찬이가 까라지더라고요. 저랑 눈도 맞추고 웃어 주기도 했는데, 이제는 눈도 제대로 뜨질 못하고요."

흑흑흑, 방영숙이 옷소매로 눈물을 훔쳐 냈다.

"네, 조직 검사를 하게 되면 좀 힘들긴 하지만, 앞으로 할 검사는 비교적 비침습적인 검사라 크게 힘들지는 않을 겁니다."

"아무리 그래도⋯⋯."

충분히 설명을 했음에도 불구하고 방영숙이 김병찬을 어루만지며 못마땅한 표정을 지었다.

"반드시 해야만 하는 검사니, 그렇게 아시고 접수해 주십시오."

"⋯⋯네에, 알겠습니다."

방영숙이 그제야 성의 없이 고개를 끄덕거렸다.

"아, 그리고 제가 보호자님께 드릴 말씀이 있는데, 저 음료, 왜 자꾸 환자분에게 마시게 하는 겁니까? 제가 분명히 주의를 드렸을 텐데요?"

"⋯⋯아, 저거요? 그냥 제, 제가 마시려고 타 가지고 온 겁니다. 우리 아이 절대 안 먹여요! 제가 기침이 심해서 마셨던 겁니다."

쿨럭쿨럭!

내가 보온병을 가리키자, 방영숙이 기침을 하며 손사래를 치고는 고개를 내저었다.

김병찬의 입에서 여전히 진동하는 마늘 냄새와, 환자복 주변과 시트에 남아 있는 저 음료 자국.

그런데도 여전히 자기가 마신 거라고?

"네에, 알겠습니다. 오늘까지만 제가 봐드릴 테니, 앞으로 병원에서 제공하는 물을 제외한 모든 음료는 반입 금지입니다."

"……"

"보호자님! 제 말 듣고 계시는 겁니까? 향후 한 번만 더 음료가 눈에 띌 경우, 아무리 보호자님이라고 할지라도 병실 출입을 금하도록 하겠습니다. 아시겠어요?"

"네에. 아, 알았어요. 그렇게 하겠습니다."

방영숙이 못마땅한 듯 고개를 끄덕였다.

잠시 후, 흉부외과 너스스테이션.

"선생님, 김병찬 환자가 분명히 눈짓으로 구조 신호를 보낸 거 맞죠?"

윤지원 간호사가 조금은 상기된 표정으로 물었다.

"네, 그런 것 같군요."

"어휴, 정말 영화에서나 벌어질 일이네요. 어떻게 이런 일이 있을 수 있는 거죠? 어쩐지 방영숙 보호자님이 너무 수상했어요. 아무래도 그분과 연관된 거겠죠?"

윤지원 간호사가 양팔을 문질거렸다.

"아직 속단하긴 이릅니다. 일단 잠시라도 환자와 방영숙 씨를 떨어뜨려 놔야 할 것 같아요."

"알아요! 그래서 방영숙 씨한테 정밀 검사를 해야 한다고 하신 거죠? 제가 알기론 김병찬 환자, 더 이상 받을 검사가 없거든요."

역시나 눈치 빠른 윤지원 간호사였다.

"네에."

"아주 좋은 생각이에요! 검사실엔 같이 들어갈 수 없으니까."

"네에, 맞습니다."

확실히 윤지원 간호사는 똘똘했다.

"역시, 처음부터 선생님도 이상하단 걸 눈치채고 있었군요?"

헤헤헤, 윤지원 간호사가 해맑게 웃었다.

"꼭 그렇지만은 않아요. 그건 그렇고, 제가 말씀드린 건……?"

"아하! 그거요. 당연히 성공했죠!"

"다행입니다. 정말 감사드려요."

"제가 방영숙 씨 몰래 제가 감쪽같이 바꿔 놨습니다. 잠시만요."

드르륵, 윤지원 간호사가 서랍에서 보온병 하나를 꺼내 들었다.

좀 전에 김병찬 환자 병실에서 봤던 보온병과 똑같은 것이었다.

좋아! 이제 이 속에 뭐가 들어 있는지 확인해 보면 모든 게 끝난다!

어머니와 아들 (2)

띠리리리.

간지석 형님의 측근인 마동수에게서 연락이 왔다.

"네, 마 부장님!"

ㅡ선생님, 지금 통화 괜찮으십니까?

"네, 부장님. 말씀하십시오."

ㅡ방영숙 그 여자, 그냥 이대로 둬서는 안 될 것 같은데
요?

"네? 그게 무슨 말씀이십니까?"

ㅡ우선 방영숙은 김병찬의 친모가 아닙니다.

"네? 친모가 아니라고요?"

ㅡ그렇습니다. 김병찬의 친모는 10년 전에 병으로 죽었고,

그 이후에 방영숙이 김병찬의 아버지와 재혼을 했던 것 같습니다.

"아하, 그런 일이 있었군요."

—네. 그러다 문제가 생긴 건 김병찬의 아버지 김종규가 작고한 이후부터였습니다.

"김병찬의 아버지가 돌아가신 이후요?"

—네, 김종규 씨 앞으로 재산이 상당했던 것 같습니다. 서울 인근에 20억 상당의 빌딩도 소유하고 있었고, 현금 자산도 꽤 됐던 것 같습니다.

"그런데 뭐가 문제라는 거죠?"

—방영숙 그 여자한테 남자가 있었던 것 같아요. 장치국이라고, 이 바닥에선 악랄하기로 소문이 난 놈입니다. 돈 많은 유부녀나 방영숙처럼 돈 많은 미망인들을 타깃으로 등쳐 먹는 데 선수죠.

"그랬군요."

—네. 원래 그런 인간들이 돈 냄새를 기가 막히게 맡습니다. 부동산 컨설팅 대표이사인 것처럼 방영숙에게 접근했던 것 같습니다.

"음, 그러니까 남편한테 받은 상속분을 전부 날려 먹었다는 건가요?"

—당연하죠. 그런 식으로 한번 발을 들여놓으면 웬만한 여자들은 헤어 나오지 못합니다. 그놈들은 선수예요. 한도 끝

도 없이 갖다 바칠 수밖에 없는 겁니다. 발버둥 치면 칠수록 더 깊은 수렁에 빠지게 되는 파리지옥 같은 놈들이에요. 어느 순간 정신 차려 보면 탈탈 털려 있는 자신을 발견하게 되는 거죠.

"그렇다면 김병찬 씨의 상속분도 탐이 났겠군요."

─그렇죠. 이런 케이스는 바닥을 보고 나서야 끝이 납니다. 그놈들, 빨아먹을 게 있는 한 절대로 빨대 빼지 않을 겁니다.

"어처구니가 없군요."

─원래 이 바닥이 다 그렇습니다. 파리지옥은 파리를 끌어들이지 않습니다. 파리가 스스로 기어 들어가는 거죠! 스스로 기어 들어가면, 절대로 못 빠져나오는 법이죠.

"네, 알겠습니다. 그러면 장치국이란 사람에 관한 정보는요?"

─네, 말씀하신 대로 모두 정리해서 메일로 보내 뒀습니다. 메일 확인해 보십시오. 그 정도면 잡아넣는 데는 전혀 무리가 없을 겁니다.

"네, 고맙습니다."

─고맙긴요! 선생님이나 형님이나 저한테는 똑같은 형님입니다. 뭐든 말씀만 하십시오. 제가 할 수 있는 건 뭐든 하겠습니다!

"아, 네. 언제 지석 형님이랑 같이 식사나 함께하시죠."

─아이고, 바쁘신데 괜찮으시겠습니까?

"아무리 바빠도 식사 한 끼 할 시간이 없겠습니까?"

─하하하, 그렇습니까? 저야 영광입죠.

방영숙의 모든 것이 밝혀지는 순간이었다.

잠시 후.

마동수가 정리한 자료를 확인한 난 곧바로 서부지검 박영선 검사에게 모든 자료를 전송했다.

그러자 바로 그녀에게서 전화가 왔다.

─김윤찬 선생님, 자료 확인했습니다! 그렇지 않아도 장치국 이 인간, 우리 지검 형사 2부에서 노리던 놈이네요.

"아, 그렇습니까?"

─그나저나 이런 자료는 어디서 다 구하신 겁니까? 이 새 끼 잡으려고 형사 2부에서 그렇게 뒤져도 별로 건질 게 없었는데 말이죠?

"뭐, 제보자가 원천 소스까지 밝힐 의무는 없지 않습니까?"

─네, 뭐 그렇긴 한데……. 이 정도 정보력이면 제가 스카 우트를 좀 하고 싶어서 그러는 거죠.

"뭐, 그거야 검사님 희망 사항이시고요. 아무튼, 그 정도 자료면 기소하는 데 충분하겠습니까?"

─뭐, 차고 넘친다고 봐도 무방하죠. 아무튼, 제가 선생님

한테 이래저래 신세를 지네요? 저한테 밥 한번 살 기회를 주시죠?

"뭐, 그렇게 원하신다면야 같이 먹어 드리죠. 그나저나, 저 입이 좀 고급인데 감당하실 수 있으시겠습니까?"

-호호호, 저 며칠 전에 성과금 받았습니다. 아, 그리고 별거 아니긴 한데, 소식 하나 알려 드릴게요.

"소식요?"

-네, 저 며칠 전에 부부장으로 승진했어요. 이제야 평검사 딱지 떼네요.

"와! 정말요? 축하합니다. 이 정도면 소고기 얻어먹어도 되겠는데요?"

-뭐, 간만에 배 속에 기름칠 한번 해 볼까요?

"당연하죠. 저, 그 정도는 얻어먹어도 되는 거 맞죠?"

-물론이죠. 조만간 찾아뵐게요.

며칠 후.

흉부외과 컨퍼런스 룸.

급성 폐부종의 위험한 고비는 넘긴 김병찬이었지만, 근본적인 원인을 찾아 치료하지 않으면 안 되는 상황이었다.

김병찬 환자의 상태에 관한 회의를 하기 위해 이기석 교수, 고함 교수와 함께 난 컨퍼런스 룸에 모였다.

"환자는 24세 남성, 이름은 김병찬입니다. 최근 APE(Acute pulmonary edema, 급성 폐부종 : 폐에 급격히 물이 차는 질병) 증세를 보여 응급조치를 시행했습니다."

"그래서 지금 치료는 어떻게 하고 있는 거죠?"

이기석 교수가 스크린을 응시하며 물었다.

"일단 혈관확장제와 이뇨제를 투여해 심장에 걸린 부하를 최소화해 주고 있으며, 떨어진 혈압을 올리기 위해서 강심제를 처방하고 있습니다."

"지금 상태는?"

"네, 많이 안정된 상황입니다."

"뭐, 폐부종이 암도 아니고 그 자체로는 크게 위험한 건 아니니까 문제 될 게 없긴 한데, 폐부종의 근본 원인을 밝히는 게 급선무 아닌가? 검사를 해 봤으면 이미 대충 각은 나왔을 텐데?"

고함 교수가 눈매를 좁히며 물었다.

"네, 그렇습니다. 울혈성 심부전이 의심됩니다."

"울혈성 심부전이라……. 그렇다면 대충 말이 되네. 폐부종도 결국 울혈성 심부전 때문이라는 건가?"

"네, 일단은 그렇게 보는 것이 합리적일 것 같습니다."

"이봐, 이기석 교수, 자네도 윤찬이랑 같은 생각인 거야?"

고함 교수가 팔짱을 낀 채, 시선을 돌려 이기석 교수를 응시했다.

"아뇨, 전 생각이 좀 다릅니다."

이기석 교수가 고개를 내저었다.

"생각이 다르다? 어떻게 다르다는 거지?"

"전형적이지 않아요."

"전형적이지 않다는 건 무슨 뜻이지? 좀 더 자세히 설명을 해 주겠나?"

"울혈성 심부전이라면 보통 심장의 펌핑 작용에 문제가 생겨서 심박출량이 떨어져 혈액이 정맥에 정체되어 있는 현상 아닙니까?"

"뭐, 그거야 당연하지."

"네. 그런데 김윤찬 선생이 올린 보고서를 보면, 울혈성 심부전이 진단되려면 근본적으로 고혈압이나 심근 질환 또는 당뇨병 등등 기저 질환이 있어야 하는데, 김병찬 환자는 전혀 그런 게 없어요. 게다가 너무 전격적입니다. 제가 지금까지 봐 온 울혈성 심부전과는 양상이 달라도 너무 달라요."

"음, 계속해 봐."

"게다가 여기 보고서를 보면, 손톱 끝에 흰 줄이 간다거나, 환자의 입 속에서 지속적인 마늘 냄새가 풍긴다는 내용이 있네요? 이거 너무 생소하잖아요? 울혈성 심부전 환자한테 이런 증세가 있다는 얘긴 처음 들어요. 이게 맞아요, 김윤찬 선생?"

역시, 이기석 교수다운 날카로운 지적이었다.

"네, 그렇습니다."

"이상하잖아요?"

"그러게 말이야. 나도 그 점은 좀 이상하다고 생각했어. 김윤찬이! 이거 어떻게 된 거야? 이 환자, 뭐 다른 게 있는 거 아니야?"

고함 교수가 눈매를 좁히며 이마를 긁적거렸다.

"네, 두 분 교수님들의 말씀이 맞습니다. 김병찬 환자, 헤비 메탈 인톡시케이션(heavy metal intoxication, 중금속 중독)입니다."

"헤비 메탈 인톡시케이션? 지금 중금속 중독을 말하는 건가?"

고함 교수의 표정이 조금은 당황스러워 보였다.

"네, 그렇습니다."

"김윤찬 선생, 당연히 근거는 있겠지?"

"네, 그렇습니다. 이 자료를 보시죠."

탁탁, 난 스크린에 이와 관련된 자료를 띄웠다.

"도라지 달인 물! 이게 헤비 메탈 인톡시케이션의 원인입니다."

"도라지 달인 물??"

고함 교수가 의아한 표정을 지으며 물었다.

"김윤찬 선생, 계속해 봐요."

반면에 이기석 교수는 뭔가 알고 있다는 듯한 표정을 지으며 손을 흔들었다.

"네, 김병찬 환자는 평소에 이 도라지 달인 물을 차처럼 음용하고 있었습니다."

"그게 뭐 문제가 되나?"

고함 교수가 고개를 갸웃거렸다.

"물론 교수님 말대로 단순히 도라지 달인 물이라면 큰 문제는 되지 않겠죠."

"그러면 다른 게 들어 있었다는 건가?"

"네, 그렇습니다. 분석해 보니 셀레늄이 다량 검출되었습니다. 이 정도 셀레늄을 음용했다면, 지금 김병찬 환자의 체내 이산화셀레늄의 농도는 치사량에 가까울 겁니다."

"혈액검사 해 봤어?"

"네, 역시 예상했던 대로 치사량에 가까운 이산화셀레늄이 검출되었습니다."

"아뇨, 진짜 미치겠네! 그렇다면 셀레늄 중독이라는 건가?"

고함 교수가 어이없다는 듯이 뒷머리를 긁적거렸다.

"네, 맞습니다, 셀레늄 중독!"

"결국, 셀레늄 중독 때문에 손톱이 갈라지고 입에서 마늘 냄새가 났던 겁니까?"

이기석 교수가 이제야 이해가 된다는 듯이 고개를 끄덕거렸다.

"네, 그렇습니다."

"아니, 아니. 누가 그런 독약을 타서 마시게 했다는 거야?"

고함 교수가 얼굴을 붉히며 목소리 톤을 높였다.

"……도라지 달인 물을 김병찬 환자에게 마시게 한 사람이겠죠."

"엥? 김병찬 환자의 모친이 그랬다는 건가?"

"네, 그렇습니다."

"미쳤네. 그 여자 엄마 맞아? 제정신이야 지금? 그거 살인이야, 살인!"

고함 교수가 얼굴을 붉히며 소리쳤다.

"네, 맞습니다. 아직 김병찬 환자가 살아 있으니, 살인은 아니겠지만, 최소한 살인미수는 되겠죠."

"이거 당장 경찰에 신고해야 하는 거 아냐?"

허허, 고함 교수가 허탈한 듯 헛웃음을 지었다.

"네, 이미 필요한 조치는 취해 뒀습니다."

"헐, 벌써?"

"네, 교수님."

"하아, 넌 이번에도 계획이 있었구나?"

"뭐, 계획이라기보단 그냥 의사로서 당연히 해야 할 일을 했을 뿐이죠."

"미친놈! 터진 조동아리라고 말은 잘하네? 그럼 왜 나한테 보고 안 했어?"

"그걸 말씀이라고 하세요? 저라도 교수님께 말씀드리지 않겠네요."

"이 교수? 뭐, 뭐라고?"

고함 교수가 발끈거렸다.

"교수님이 이 사실을 알았다면 가만있으셨겠습니까? 아마 당장 달려가 그 여자 멱살부터 잡았을걸요."

"하아, 뭐, 그거야 틀린 말은 아니지만……. 야! 김윤찬! 지금 이기석 교수 말이 맞아?"

고함 교수가 단상에 서 있는 나를 향해 검지를 치켜세웠다.

"뭐, 전혀 틀린 말씀은 아닌 것 같습니다. 네."

"하여간, 믿을 새끼 하나 없네, 쩝."

고함 교수가 어이없다는 듯이 입맛을 다셨다.

"죄송합니다, 교수님."

"됐고! 아무튼 잘 처리했다니까 다행이긴 한데, 근데 이게 말이 되냐? 어떻게 엄마라는 여자가 그럴 수 있냐?"

"사실, 방영숙은 김병찬의 친모가 아닙니다."

"친모가 아니라면 계모라는 거야?"

"네, 그렇습니다."

"계모라……. 아니, 아무리 계모라도 그렇지, 어떻게 그런 몹쓸 짓을 하냐고??"

"그럴 수 있습니다. 돈이겠죠. 돈 말고는 설명할 수 없는 일이니까요."

"뭐, 돈? 김윤찬이! 지금 이기석 교수가 한 말이 사실이야?"

"네, 일단 이 교수님의 말씀이 어느 정도 맞습니다. 자세한 건 브리핑이 끝난 다음에 말씀드리겠습니다."

"아오, 미치겠네! 돈 때문에 아들에게 독극물을 멕인다고? 이런 금수만도 못한 인간을 봤나!"

흥분한 고함 교수가 분을 삭이지 못했다.

"교수님, 진정하시고요. 김윤찬 선생! 그래서 김병찬 환자 치료는 어떻게 해야 하는데? 심부전 수술 들어가기 전에 중독 치료부터 해야 하지 않을까?"

확실히 고함 교수와 다르게 이성적인 이기석 교수였다.

"네, 일차적으로 중금속 중화제를 사용해야 할 것 같습니다."

"그래야겠지. 일단 셀레늄 수치부터 낮추는 게 급선무가 되겠어."

"네, 그래야 할 것 같습니다."

"그러면 중화 치료는 일단 심장내과에서 해야겠네?"

"네, 그렇습니다. 일단 심장내과로 보내서 해독 치료부터 하고, 상태가 호전되면 심부전 치료를 병행해야 할 것 같습니다."

"좋아요. 그렇게 합시다."

잠시 후.

"그나저나, 이 여자는 왜 구하기도 어려운 셀레늄을 이용했던 건가? 약물로 독살하려면 다른 것도 많았을 텐데?"

브리핑이 마무리되어 가자, 고함 교수가 의아한 듯 물었다.

"그건 제가 설명해 드리죠."

이기석 교수가 살짝 손을 들었다.

"그래? 아씨, 이기석 교수도 알고 있나 보네? 야, 김윤찬이! 너도 알아?"

"뭐, 모른다고는 말씀 못 드릴 것 같습니다."

"젠장! 이거 나만 등신 되는 건가? 그러니까 두 사람은 그 여자가 셀레늄을 쓴 이유를 안다는 거지?"

"뭐, 그 정도는 상식이니까요."

고함 교수가 입을 삐죽거리자, 이기석 교수가 피식거렸다.

"아냐, 사, 상식이라고? 그래그래, 나만 무식쟁이 칼잡이지? 좋아, 좋아! 그렇다 치고, 빨리 말해, 그 상식이 뭔지?"

"네, 이유는 의외로 간단합니다. 셀레늄이 변신의 귀재니까요."

그렇게 이기석 교수가 설명을 시작했다.

"변신의 귀재? 셀레늄이 무슨 트랜스포머야, 뭐야? 뭘, 변신한다는 거야?"

고함 교수가 고개를 갸웃거렸다.

"대부분의 중금속들은 중독이 되면 발현되는 각자의 고유한 특성이 있습니다. 그런데 셀레늄은 그만의 특징적인 증세가 전혀 없어요. 그래서 변신의 귀재라고 하는 겁니다."

이기석 교수가 차분히 설명하기 시작했다.

"그래? 그런 게 있었단 말이지? 그런데 잠깐! 나는 그런 걸 잘 모르는데, 이 교수는 어떻게 알아?"

"제가 알면 안 되는 겁니까?"

역시나 까칠한 이기석 교수였다.

"아니, 뭐 그런 건 아닌데, 아무튼 좀 기분이 언짢네? 자네, 미국에서 하라는 수술은 안 하고 CSI, 뭐 그런 데에서⋯⋯."

"흠흠, 가볍게는 독감 증세부터 시작해서 최악의 경우는 김병찬 환자처럼 심부전 증세까지 다양하게 발현되죠."

이기석 교수가 고함 교수의 말을 대차게 잘라 먹었다.

"뭐냐? 지금 나 까인 거야?"

"네, 까이신 겁니다."

"젠장! 그래, 나만 무식한 놈이지. 그러니까 자네 말은 임상에서 셀레늄 중독을 밝혀내기가 쉽지 않다는 뜻인가?"

고함 교수가 그때서야 눈치를 챈 듯했다.

"그렇습니다. 셀레늄이 그래서 무서운 중금속이죠. 독감에 의한 폐 합병증처럼 보이기도 하고, 김병찬 환자처럼 폐부종을 동반한 울혈성 심부전으로 보이기도 하니까요."

"네, 이기석 교수님의 말씀이 맞습니다. 셀레늄 중독임을 인지하고 검사를 하지 않는 한, 임상의들은 분명 사인을 폐합병증이나 심부전으로 진단할 겁니다. 그런 셀레늄의 특성 때문에 범죄에 자주 악용되죠."

"아하! 이제야 좀 감이 오는 것 같군."

그때서야 고함 교수가 고개를 끄덕였다.

"김병찬의 보호자, 방영숙은 이 침묵의 암살자를 이용해 아들을 서서히 병들게 한 겁니다."

"그렇다면 경막외출혈은? 그건 뭐야?"

"아직 확실치는 않지만 아마도……."

"아! 윤찬아, 됐다! 속 울렁거리니까 그만하자."

"네, 교수님."

"하아, 진짜 사람은 되기 힘들어도 짐승은 되지 말아야 하는 거 아니냐. 낳은 정도 낳은 정이지만 기른 정도 그에 못지않다던데, 어떻게……. 한낱 미물도 자기 새끼는 끔찍이 아끼는 법인데, 어떻게 인두겁을 쓰고 그런 짓을!"

고함 교수가 침통한 듯 뒷머리를 긁적거렸다.

"김윤찬! 아무튼 그 여자, 법의 심판을 받도록 조치 취해 둔 거 맞지? 내가 안 나서도 되는 거냐?"

"네, 걱정 마십시오."

"그래그래. 네가 오죽 잘 알아서 했겠냐. 어쨌거나, 김병찬 환자 심부전 수술은 내가 맡을 테니까, 스케줄 한번 잡아 봐."

"네."

"어휴, 얼마나 맘고생이 심했을꼬! 이 업보를 어떻게 갚으려고 그런 몹쓸 짓을……."

쯧쯧쯧, 고함 교수가 혼잣말을 중얼거리며 밖으로 나갔다.

다음 날, 김병찬 병실.

"보호자님, 어디 가시려고요?"

김병찬의 병실로 들어가니, 방영숙이 짐을 챙기고 있었다.

"아, 네. 어휴, 아무래도 우리 아들이 차도가 없어서 병원을 좀 옮기려고 합니다."

방영숙이 투덜거리며 짐을 챙겼다.

"우리나라에서 제일 좋은 병원이라더니만 별거 없네!"

"아……. 그러십니까?"

"네, 선생님! 그동안 고생 많으셨습니다."

방영숙이 무성의하게 고개만 까딱거렸다.

"수납은 하신 거고요?"

"네. 제가 설마하니 입원비 떼먹고 도망갈까 봐서요?"

"아뇨, 그런 건 아닌데……. 네, 그건 그렇고 다른 병원은 좀 알아보셨나요?"

"아뇨. 일단 집으로 갔다가 천천히 알아보려고 해요. 정 안 되면 외국으로 나가든지 해야겠어요. 아무래도 우리나라 병원은 믿을 수가 없어서요."

"외국으로 못 나가실 텐데요?"

"네? 왜 이러십니까? 저희가 이렇게 없어 보여도 그 정도 돈은 있습니다! 사람 그렇게 막 무시하시고 그럼 안 되죠!"

방영숙이 발끈하며 나섰다.

"아뇨, 돈 때문이 아니라 다른 것 때문에 못 나가신다고요."

"뭐예요? 다, 다른 거요?"

"네, 그러니까 김병찬 환자는 여기 두시고 혼자 어디를 좀 가셔야 할 것 같아서요."

"아니, 의사면 그렇게 막말해도 되는 겁니까? 아픈 아들을 두고 혼자 어딜 갑니까? 별 이상한 사람 다 보겠네!"

"……교도소요. 보호자분은 교도소를 가셔야 할 것 같아서요."

"뭐, 뭐라고요? 지, 지금 무슨 헛소리를 하는 건가요?"

교도소란 말에 방영숙이 흥분해 말을 더듬었다.

"제가 이곳에 오기 전에 교도소 의무관으로 3년 동안 일을 했거든요. 교소도가 당신 같은 사람들 데려다 교화시키는 곳이긴 한데, 당신은 그런 게 될까 싶네요? 눈 씻고 찾아봐도 당신 같은 사람은 본 적이 없으니까요."

"이, 이 사람이 지금 미쳤나? 무슨 소릴 지껄이는 겁니까? 당신, 이렇게 사람 무시해도 되는 거야!"

그러자 방영숙이 게거품을 물며 막말을 퍼부었다.

"지금이라도 아드님께 사죄를 드리시죠? 당분간 아드님은 보지 못하실 것 같은데."

"됐고! 내가 당신 가만둘 줄 알아요? 나 이래 봬도 법조계 쪽에 아는 사람 많아! 당신 명예훼손죄로 고소……."

바로 그 순간이었다.

"방영숙 씨!"

문을 열고 들어오는 남자들. 그들은 서부경찰서 소속 형사들이었다.

"네? 제가 방영숙입니다만, 무, 무슨 일이시죠?"

"귀하를 김병찬 씨 살인미수 및 의료법 위반의 혐의로 체포합니다. 당신은 변호인을 선임할 권리가 있으며, 변명의 기회가 있고 체포구속적부심을 법원에 청구할 권리가 있음을 고지합니다!"

한 형사가 미란다원칙을 고지했다.

"아, 아니, 지금 무슨 말씀을 하시는 겁니까? 살인미수요? 제, 제가 무슨 살인미수를 했다고 하는 겁니까?"

"일단 서로 가셔서 말씀하시죠. 박 형사, 체포해!"

"네."

"아, 아니! 잠깐만요! 지금 제가 우리 아들을 죽이려 했다는 건가요? 그게 무슨 개소리야! 형사님! 이건 뭔가 잘못되어도 한참 잘못됐습니다. 자식을 죽이는 애미가 어디 있답디까?"

끝까지 자신의 죄를 인정하지 않는 방영숙이었다. 끝까지!

"뭐 해, 박 형사! 당장 수갑 채우지 않고!"

"네, 알겠습니다! 방영숙 씨, 일단 서에 가셔서 말씀하시죠!"

철컹, 박 형사가 방영숙의 손목에 수갑을 채웠다.

"아, 아니야! 이건 뭔가 오해가 있나 본데, 난 아니라고! 아니라니까!"

방영숙이 바닥에 주저앉아 버티며 나를 노려봤다.

"거봐요, 제가 해외는 못 나가신다고 하지 않았습니까?"

"지, 지금, 이 모든 게 당신이 꾸민 짓이야?"

그러자 방영숙이 표독스러운 표정으로 나를 노려보며 쏘아붙였다.

"제가 꾸민 짓이 아니라 당신이 저지른 죄의 대가를 치르는 겁니다. 지금이라도 늦지 않았으니, 아드님께 사죄를 하시고 가시죠."

"사죄? 내가 무슨 죄가 있다고 사죄를 해? 내 아들이야! 내 아들이니까 내 맘대로 할 수 있는 거 아냐? 쟤는 나 아니었으면 이미 죽었어! 그나마 내가 보살펴 줬으니까 목숨이라도 부지하고 있는 거라고! 몰라? 어?"

전혀 반성의 기미를 보이지 않는 그녀였다.

"박 형사! 뭐 해?"

그 모습에 형사마저도 치를 떨었다.

"빨리 가시죠! 자꾸 이러시면 공무집행방해죄가 추가될 수도 있습니다."

"못 가! 난, 절대! 절대로 여기서 한 발자국도 못 움직여! 내 아들이 저기 있는데, 내가 어딜 가! 집에 갈 거야, 집에 갈 거라고!!"

방영숙이 바닥에 몸을 바짝 엎드린 채 꼼짝도 하지 않았다.

"이 형사! 얼른 박 형사 도와줘. 당장 저 사람 끌고 나오라고!"

더 이상 참지 못한 한 형사가 목소리 톤을 높였다.

으아아아악!!

절규하는 그녀.

파리지옥에 빠진 파리가 마지막 몸부림을 치는 듯한 모습 이었다.

그렇게 방영숙이 잡혀가는, 아니 질질 끌려가는 것을 지켜 보고 있던 김병찬.

주르륵, 주르륵.

그 모습을 지켜보던 김병찬의 눈에서 뜨거운 눈물이 흘러 내렸다.

비록 자기를 죽이려 했던 사람이었지만, 그녀 역시 자신의 어머니였기에 마음이 편치만은 않으리라.

"병찬 씨……."

내가 그에게 다가가 손을 잡아 주자 그가 나와 시선을 맞 추며 마지막 눈짓을 보냈다.

김병찬이 내게 남기는 마지막 모스부호였으리라.

감사합니다!

끝까지 자신의 아들에게 사죄의 말 한마디 남기지 않은 그 녀.

그렇게 방영숙의 김병찬 살인미수 사건은 씁쓸하게 막을 내리고 말았다.

며칠 후, 흉부외과 병동 하늘공원.

난 윤지원 간호사와 함께 하늘공원을 찾았다.

"윤 간호사님, 이거요."

딸깍, 난 캔 커피 뚜껑을 따 그녀에게 내밀었다.

"호호, 잘 마실게요."

그러자 그녀가 환한 얼굴로 캔 커피를 받아 들었다.

"윤 간호사님 아니었으면 큰일 날 뻔했어요. 전부 간호사님 덕분입니다."

"아니에요. 제가 뭐 한 게 있나요? 윤찬 쌤이 다 하신 거죠."

윤지원 간호사가 커피를 한 모금 베어 물며 말했다.

"아닙니다. 간호사님이 눈치를 채지 않았더라면 저도 깜박 속을 뻔했어요. 간호사님이 큰일을 하신 겁니다. 그나저나, 어떻게 방영숙 씨가 이상하다는 걸 눈치챘던 겁니까?"

솔직히 그게 가장 궁금했던 부분이었다.

"아, 그거요!"

"네, 김병찬 씨가 처음 입원했을 땐, 다들 아무 눈치도 못 챘잖아요. 저도 택진이도 그렇고요."

"음…… 궁금해요?"

그녀가 해맑게 웃으며 나를 쳐다봤다.

"네, 5백 원이라도 드려야 하나요?"

"호호호, 어디서 그런 아재개그를 배워 오셨나요?"

"앗! 아재개그인가요?"

"그럼요! 아무튼 5백 원 가지고는 택도 없고요. 더 좀 쓰시죠? 그러면 알려 드릴 테니까."

"네, 알겠습니다! 그럼 5천 원?"

"어휴, 답답해!! 그런 거 말고……. 제가 꼭 제 입으로 말을 해야 해요?"

그러자 윤지원 간호사가 토라진 것처럼 입을 삐죽거렸다.

"네?"

"돈은 됐고요. 저 보고 싶은 영화 있는데, 그거 보여 줘요. 그리고 저녁에 밥도 좀 사 주고요. 그러면 가르쳐 줄게요."

"아……. 밥요? 뭐, 그 정도는 할 수 있죠. 좋아요, 저 이번 주 토요일에 오프니까 식사해요."

"정말요? 영화도 같이 봐 주시는 건가요?"

"네에. 저도 영화 안 본 지 한 1백만 년은 된 것 같네요. 같이 봐요!"

"약속하신 거예요? 무르기 없기!"

"넵! 그럴게요. 그러니까 얼른 말씀해 주세요. 어떻게 눈치채신 건지."

"네, 알려 드리죠. 바로 이거요."

윤지원 간호사가 주머니에서 뭔가를 꺼내 보였다.

"어? 이거 안약 아닌가요?"

그 물건의 정체는 안약이었다.

"네, 맞아요, 안약!"

"그런데 이게 뭐 어쨌다는 거죠?"

"음, 방영숙 씨가 이 안약을 버리는 걸 제가 봤어요. 첫날 김병찬 씨가 입원하고 펑펑 울었던 바로 그날요."

"아⋯⋯. 이걸 방영숙 씨가 사용했다는 겁니까? 연기하려고?"

"생사의 갈림길에 놓인 아들을 지켜보는 엄마에게 이런 안약 따위는 필요 없었을 테니까요."

"⋯⋯."

그녀의 말에 난 한동안 멍하니 있을 수밖에 없었다.

"쌤! 영화는 제가 예매할게요."

내 표정이 어두워지자 윤지원 간호사가 분위기를 바꾸려했다.

"아뇨, 아뇨. 예매는 제가 할게요. 제가 보여 드린다고 했잖아요!"

"아니에요. 어차피 제가 보고 싶었던 영화였으니까요!"

"아, 아니⋯⋯."

"게다가 제가 영화 같이 봐 달라고 했지, 영화표 예매해 달라고 했나요, 뭐? 대신, 맛있는 밥이나 사 줘요. 네?"

"아, 네. 그럴게요. 그러면 제가 밥 살게요."

"야! 신난다!"

폴짝폴짝 뛰는 그녀의 모습이 마냥 귀여웠다.

영화 보러 가는 길

"김윤찬 쌤!"

영화관에서 만난 그녀.

평소에 보던 윤지원 간호사가 아니었다.

진하지도 그렇다고 옅지도 않은 적당한 화장에 실핏줄이
보일랑 말랑 하는 깨끗한 피부를 가진 여자.

쪽 진 머리를 풀고 길게 늘어뜨린 머리카락이 찰랑거리며
그녀의 어깨선에 걸쳐 있었다.

크지도 작지도 않은 귓불에 매달려 흔들거리는 이어링. 얇
은 블라우스 사이로 살짝살짝 쇄골이 비쳤다.

간호사 윤지원과 지금의 윤지원은 완전히 다른 사람이었
다.

하마터면 알아보지 못할 뻔했다.

"아, 네. 벌써 오셨어요?"

이게 얼마 만이지?

여자하고 영화를 본 기억이 가물가물했다.

"그럼요. 예매한 표 바꾸고 이거 사느라고요!"

해맑게 웃는 그녀. 윤지원의 양손에 팝콘 박스와 콜라가 들려 있었다.

"아, 네."

"그나저나 쌤 표정이 왜 그래요? 제 얼굴에 뭐 묻었어요?"

"아, 아뇨. 그런 거 아니에요."

"그래요? 맨날 유니폼 입은 모습만 보다가 이런 차림이라 좀 낯설죠? 좀 이상한가요?"

"아뇨, 아뇨. 잘 어울리시네요."

"정말요?"

"네, 스커트가 아주 잘 어울리시네요."

"호호호, 그래요? 다행이네요. 맨날 바지만 입다가 치마를 입으려니까 저도 망설여지더라고요. 진짜 잘 어울려요?"

"네, 잘 어울리세요. 그나저나 팝콘은 제가 사려고 했는데……."

"누가 사면 어때요? 영화 곧 시작해요. 얼른 들어가요."

그녀가 가까이 다가오자 은은한 향수 냄새가 났다.

"아, 네."

그렇게 그녀와 함께 들어간 영화관.

달달한 로맨스를 기대했지만, 어이없게도 영화 장르는 서스펜스 스릴러물이었다.

"아악, 엄마얏!"

중간중간 깜짝깜짝 놀라기도 하고, 때로는 내 팔을 붙잡고 눈을 감기도 하는 그녀.

"어? 어? 저러다가 튀어나오는 거 아니에요?"

"쌤은 안 무서워요??"

"아, 네. 그러네요."

난 스릴러 영화와 현실을 구분하지 못한다.

수술방에서 피 칠갑을 한 적이 어디 한두 번이던가?

지금 보고 있는 공포 영화보다 현실이 더 무섭고 혹독했다. 현실이 더 영화 같고 더 끔찍하니까.

하지만 윤지원은 고개를 숙인 채, 곁눈질을 하며 보기도 하고 두려운 장면이 나오면 눈을 질끈 감기도 했으며, 내 등 뒤로 고개를 숙이며 숨기도 했다.

사실 그녀 역시 피 튀기는 장면은 수도 없을 봤을 텐데 말이다.

아무튼, 지금의 그녀는 당찬 간호사 윤지원이 아닌, 27살의 평범한 아가씨였다.

잠시 후, 그렇게 2시간여 동안 정신없이 영화를 보고 난 나와 윤지원은 영화관 밖으로 나왔다.

"영화 재밌었어요?"

"네네, 근데 마지막에 그 변호사가 범인 맞아요?"

"네, 그런 것 같은데요?"

"와, 대박! 이거 완전 대박 반전이잖아요! 처음엔 주인공 편인 척하더니, 어쩜 그래요?"

"뭐, 그럴 수도 있죠."

솔직히 중간에 졸아서 그런지 내용은 잘 모르겠다.

"쳇! 쌤, 영화 제대로 안 봤죠?"

윤지원 간호사가 눈을 흘기며 입을 삐죽거렸다.

"아뇨! 다 봤는데?"

"헤헤, 쌤 중간중간에 꾸벅꾸벅 조는 거 다 봤어요. 살~짝 코도 고시던데요? 영화가 재미없었나 봐요. 전, 되게 재밌었는데."

윤지원 간호사가 놀리듯 피식거렸다.

"아…… 솔직히 좀 너무 피곤해서요. 요새 통 잠을 자지 못했거든요. 그래도 볼 건 다 봤어요."

"네네, 알아요. 쌤 요즘 힘드신 거. 그래도 이렇게 밖에 나와서 영화도 보고 바람도 쐬고 해야 리프레시가 되죠. 안 그러면 병나요, 병!"

"네, 그런 것 같네요. 그나저나 배 안 고파요?"

"네, 엄~청 고파요. 우리 맛있는 거 먹으러 가요."

그녀가 자신의 배를 만지작거리며 환하게 웃었다.

"그래요. 뭐 먹고 싶어요?"

"뭐든 사 주실 건가요?"

"네, 드시고 싶으신 거 있으면 말씀하세요. 뭐든!"

"음……. 좋아요. 우리 청요리 먹으러 가요!"

"청요리요? 중국 음식?"

"뭐, 비슷하긴 하네요."

"그래요 가요. 저도 중국 음식 좋아하니까요."

"정말요? 그러면 저 단골집으로 가도 되죠?"

"네, 그럽시다."

"얍! 저만 따라오시죠! 최고의 청요리를 즐길 수 있게 해 드릴게요!"

그녀가 내 옷소매를 잡아끌었다.

그렇게 차로 1시간쯤 달려 도착한 곳.

"이모, 저 왔어요!"

윤지원 간호사가 삐거덕거리는 문을 열고 안으로 들어갔다.

"아이고, 우리 지원이 왔니?"

그녀의 목소리에 반사적으로 반응하는 여자.

빠글거리는 파마머리에 후덕하게 생긴 가게 주인이 그녀의 손을 맞잡고 반갑게 맞아 주었다.

주인아주머니가 그녀를 한눈에 알아보는 것을 보니 자주 찾는 음식점인 듯 보였다.

'또와분식'이란 상호의 허름한 분식점.

어이없게도 그녀가 날 데리고 온 곳이었다.

"네, 이모! 오늘 청요리 되죠?"

"그럼 당연하지. 다른 사람 줄 건 없어도 우리 지원이 멕일 건 준비해 놨지!"

"쌩유, 이모! 그럼 우리 청요리 2인분에 쫄면하고 야끼만두 사리 추가요!"

그녀가 손가락 두 개를 펼쳐 보이며 환하게 웃었다.

"그래그래. 앉아라. 갖다줄 테니. 그나저나 저 총각은 누구니?"

아주머니가 나를 흘끗거리며 턱짓을 했다.

"네, 우리 병원 선생님이세요!"

"의사야? 무슨 과?"

"네, 흉부외과 선생님이세요!"

"아이고! 그럼 심장 고치는 의산갑네?"

흉부외과 의사란 말에 아주머니가 신기한 듯 김윤찬을 쳐다보았다.

"네, 맞아요. 오늘 쉬는 날이라서 저랑 같이 영화 보고 오늘 길이거든요. 같이 청요리 먹으려고요."

"그래그래. 잘 왔다! 잘 왔어!"

"쌤, 여기가 제가 말씀드린 청요릿집이에요! 인사하세요! 이분은 저에게 항상 일용할 양식을 주시는 우리 이모!"

"아, 네. 안녕하세요. 김윤찬이라고 합니다."

"아이고, 총각 참 잘생겼네? 반가워요."

"네, 저도 반갑습니다."

"우리 지원이하곤 무슨 사이슈?"

아주머니가 눈을 게슴츠레 뜨며 곤란한 질문을 던졌다.

"아, 그게……. 같은 병원 동료입니다."

"에이, 아닌 것 같은데?"

아주머니가 고개를 갸웃거렸다.

"네? 아, 아니라뇨?"

"그게 말이야, 우리 지원이가 나랑 약속한 게 하나 있거든?"

"약속요?"

"그래요. 약속! 우리 지원이가 남자 친구가 생기면 우리 가게로……."

"흠흠흠, 이모!! 괜히 쓸데없는 소리 하지 말고, 빨리 청요리나 갖다줘요! 나 배고파 죽겠어, 응?"

아주머니가 뭔가 말을 꺼내려 하자 그녀가 선수를 치며 아주머니의 말허리를 잘라 버렸다.

"그래? 아, 알았어! 아무튼 우리 지원이 좀 잘 부탁해요, 잘생긴 총각."

윤지원이 눈치를 주자 아주머니가 알겠다는 듯이 그녀를 향해 눈을 깜박거렸다.

"아, 네. 알겠습니다."

잠시 후.

"자! 우리 지원이가 좋아하는 청요리 나왔습니다! 사이다는 서비스!"

딸깍, 가스레인지에 불을 켜고 커다란 양은 냄비를 올려놓는 아주머니.

양배추를 비롯한 각종 야채에 어묵, 그리고 쫄면과 야끼만두까지, 양은 냄비가 넘칠 정도로 푸짐했다.

"와, 고마워! 이모!"

"그래, 많이들 먹어. 이모 잠깐 밖에 나갔다 올 거니까, 필요한 거 있으면 냉장고에서 꺼내 먹어! 아! 그리고 혹시 나 늦으면 계산은 나중에 해. 아니면 저기 돈 통에 넣어 두든가 말든가 하고."

"네!"

그녀가 양은 냄비를 응시하며 입맛을 다셨다.

"이게 청요리예요?"

"왜요? 실망스러워요?"

"아니, 그건 아닌데……."

"쌤! 요기요! 여기 이거 안 보여요?"

그녀가 손가락으로 냄비 속의 검은 소스를 가리켰다.

"뭐지? 이거 짜장인가요?"

그녀가 가리킨 건 짜장 소스였다.

"네! 여기는 짜장 떡볶이 전문이에요! 저의 최애 음식이죠!"

짜장이 들어갔다고 해서 청요리라고 했던 모양이었다.

"하아, 좀 더 맛있는 거 사 줄 수 있는데……."

"어휴, 맛이나 보시고 말씀하세요. 아마 드셔 보시면 그 말씀 바로 후회하실걸요. 자! 거의 다 익었을 거예요! 드셔 보세요!"

잠시 후, 가스 불을 조절하며 능숙하게 조리한 윤지원은 접시에 떡볶이를 덜어 내 앞에 놔두었다.

오물오물.

"어때요?"

꿀꺽, 떡볶이를 먹어 본 내 반응이 궁금한가 보다. 그녀가 눈을 반짝거리며 나를 쳐다봤다.

"음……. 정말 맛있는데요?"

의외로 맛있긴 했다.

"정말요?"

"네. 저 원래 짜장은 별로 좋아하지 않는데, 이건 맛있네요? 짜장 소스가 적당히 매운맛도 잡아 주고, 무엇보다 떡볶이 국물이 자극적이지 않은데요?"

"그쵸! 제가 맛있을 거라고 했잖아요!"

맛있다는 내 반응에 안심했는지 그녀 역시 떡볶이를 입에 넣고 오물거리기 시작했다.

"여기 자주 오시나 봐요?"

"네! 이모가 이 자리에서만 20년째신데, 저 일곱 살 때부터 여기 단골이거든요. 처음 먹고 완전 반해서 지금까지 가끔 와요."

작은 입으로 오물거리는 모습이 꽤 귀여웠다.

"그렇군요. 일곱 살 때부터 단골이시면 이 동네……."

"네, 맞아요. 저, 이 동네에서 태어나서 지금까지 살고 있어요."

"아……."

"우리 동네 되게 예쁘죠! 다른 데는 다 변했는데, 우리 동네는 그때나 지금이나 별로 달라지지 않았어요. 그래서 전 여기가 너무 좋아요."

"네, 동네가 소담하니 좋네요."

그녀 말대로 이곳만큼은 시간이 멈춰 있는 듯했다.

그렇게 우린 수북했던 냄비의 바닥이 보일 때까지 싹싹 긁어 먹었다.

"우리 밥 비벼 먹어요!"

"네? 밥까지?"

"그럼요. 밥을 먹어야 제대로 먹은 것 같거든요."

자리에서 일어나 밥통으로 달려가는 그녀.

양푼에 밥을 덜어 담더니, 김 가루, 쫑쫑 썰어 놓은 김치에 계란 프라이까지.

슥삭슥삭, 양은 냄비에 밥을 털어 넣더니 숟가락으로 맛깔나게 비비기 시작했다.

그렇게 우린 볶음밥까지 해치워 버렸다.

"어휴, 배부르다!"

걸신들린 듯 떡볶이와 밥을 해치운 그녀가 기분 좋은 표정을 지었다.

"어휴, 윤 간호사님, 생각보다 많이 드시네요?"

"호호호, 제가 좀 잘 먹죠? 오늘 이모가 해 주시는 청요리가 너무 먹고 싶었거든요! 좀 흉했나요?"

그녀가 민망한 듯 고개를 숙였다.

"아뇨, 아뇨, 너무 잘 먹어서 보기 좋았어요!"

"정말요? 뒤에 가서 욕하는 거 아니에요, 돼지라고?"

"아니에요. 맛있게 잘 드시는 거 보니까 저도 덩달아 잘 먹게 되더라고요. 젓가락을 깨작대는 것보다야 백배는 더 낫죠."

"헤헤헤, 예쁘게 봐 주셔서 감사합니다. 그나저나 입맛에 맞으셨나요?"

그녀가 양손을 모아 꾸벅 인사를 하며 물었다.

귀여운 구석이 있네.

"네네, 저도 덕분에 맛있게 잘 먹었어요. 후후후, 이제 우리 어디 가죠?"

"그럼 우리 커피나 한잔 할까요?"

"커피요?"

"네, 요 앞에 아주 예쁜 야외 카페가 있거든요!"

"아, 그래요. 그럼 갑시다!"

그렇게 배를 채우고 찾아간 곳.

그녀가 말한 야외 카페는 다름 아닌 소박한 동네 공원이었다.

"여기가 야외 카페예요?"

"그럼요! 전 여기보다 예쁜 카페는 본 적이 없는걸요."

틀린 말은 아니었다.

연보라색 등나무 꽃이 흐드러지게 피어 있는 아담한 공원이었다.

지이이잉.

한쪽에선 전기톱을 든 일꾼들이 모여 가지치기가 한창이었고, 한쪽 구석에선 아이들이 미끄럼틀을 타며 술래잡기를 하고 있었다.

"그렇긴 하네요."

"그렇죠? 쌤, 잠시만 기다려요. 제가 커피 좀 사 올게요."

"아뇨, 제가 갈게요."

"됐거든요! 슈퍼가 어디 있는지도 모르면서. 잠시만 구경하고 계세요. 제가 갔다 올 테니까."

"아, 네."

잠시 후.

"여기 되게 예쁘죠? 우리 저기 앉아요."

윤지원 간호사가 양손에 캔 커피를 들고 와 턱짓으로 벤치를 가리켰다.

"네."

윙윙. 윙윙윙.

무슨 벌이 이렇게 많아?

꿀벌들이 윙윙거리며 자기 먹이를 탐내는 줄 알고, 나와 그녀를 향해 달려들었다.

"엄마야!"

그녀가 달려드는 꿀벌에 화들짝 놀라 내 팔을 잡아당기는 순간, 바로 그때였다.

아아아아악!

어디선가 터져 나온 찢어질 듯한 비명 소리가 온 공원을 가득 메웠다.

　김윤찬은 본능적으로 비명 소리가 들린 곳으로 시선을 돌렸다.
　웅성웅성.
　순식간에 벌어진 상황.
　인부 하나가 바닥에 쓰러져 몸부림치고 있었다. 가지치기를 하고 있던 인부들이 황급히 넘어진 남자 쪽으로 모여들기 시작했다.
　"아아아악!"
　또 한 번의 비명 소리.
　이번엔 공원에 놀러 온 아이 엄마들의 비명 소리였다.
　분수처럼 하늘로 솟구치는 핏줄기!
　조금 떨어진 곳이었음에도 불구하고 넘어진 남자의 목에서 뿜어져 나오는 핏줄기를 확인할 수 있었다.
　"아악! 쌤! 저, 저 사람……."
　그 모습에 깜짝 놀란 윤지원이 한 손으로 입을 틀어막으며 경악했다.
　예기치 않은 사고가 난 것이 틀림없었다.
　"윤 간호사님은 여기 계세요. 제가 가 보겠습니다."

"아, 아니에요. 저도 같이 가요."

김윤찬이 자리에서 벌떡 일어나자 그녀가 곧바로 그의 뒤를 따랐다.

잠시 후.

사방팔방으로 뿜어져 나오는 핏줄기. 남자가 쓰러진 바닥엔 이미 붉은 피가 흥건하게 고여 있었다.

"저 의사입니다. 모두 비키세요!"

김윤찬이 모여 있던 인부들을 헤치며 쓰러진 남자에게 다가갔다.

바들바들 떨리는 사지. 피를 너무 흘려 남자는 이미 의식을 잃은 상황이었다.

상처는 두 군데.

하나는 오른쪽 팔, 하나는 그의 목이었다.

전기톱을 사용하다 오작동으로 인해 팔과 목에 상처가 난 듯 보였다.

꽤 깊은 상처였으나 그나마 팔에 난 상처는 크게 문제 될 것이 없어 보였다.

반면에 목에 난 상처는 치명적이었다.

만약 전기톱의 날카로운 칼날이 경동맥을 건드렸다면 생명이 위독한 상황이었다.

흥건하게 고여 있는 피.

게다가 여전히 목에서는 붉은 피가 울컥거리며 뿜어져 나오고 있었다.

'이 정도면 이미 2리터는 새어 나온 것 같은데……'

일단 피가 새어 나오는 것을 막는 방법 말곤 다른 수가 없었다.

"윤 간호사님, 지금 당장 119에 신고해 주세요!"

김윤찬이 상의를 벗어 남자의 뿜어져 나오는 핏줄기를 틀어막으며 외쳤다.

단 몇 초가 지나지 않았음에도 불구하고 이미 김윤찬의 외투는 붉게 물들기 시작했다.

"쌤! 여긴 골목길이 많아서 119에 신고해도 시간이 오래 걸릴 거예요. 차라리 우리 이 근처 병원으로 가는 게 좋겠어요!"

부욱, 피가 외투를 뚫고 새어 나오자 윤지원 간호사가 치맛단을 찢어 환자의 목 부위를 감싸며 침착하게 손으로 눌러 지혈했다.

어느새 그녀의 손도 붉게 물들어 가고 있었다.

"병원요? 수술할 수 있는 환경이 되어야 할 텐데요?"

"네, 외과 전문 병원이에요. 차로 가면 5분이면 되거든요!"

놀랐던 것도 잠시, 이미 그녀는 흉부외과 간호사로 돌아와 있었다.

"그래요?"

"네. 그 병원에 꽤 유명한 써전이 있는 걸로 알아요!"

"그래요? 다행이네요. 그러면 그렇게 합시다."

단 5초만 목에서 손을 떼도 환자는 죽을 수도 있는 위급한 상황.

지금으로서는 그녀의 말대로 하는 것이 최선의 선택이었다.

"네, 빨리 가요."

"윤 간호사님! 목에서 절대로 손을 떼면 안 됩니다! 알았죠? 제가 차 가지고 올게요!"

"네, 알고 있어요. 이미 치사량에 가까운 피를 흘리신 것 같아요!"

"네!"

경동맥 파열이면 이 환자, 응급수술을 하지 않으면 죽는다!

"병원 응급실 전화번호 뭐죠?"

"네. 2567-597X이에요."

"네."

김윤찬이 곧바로 병원에 전화를 걸었다.

─소망병원 응급실입니다. 무슨 일이십니까?

"아, 네. 지금 응급 환자를 이송 중입니다."

─네. 어떤 환자인데요?

"작업 중에 전기톱에 목을 다친 것 같아요. 이미 2리터 이상 출혈이 있었고, 지금도 출혈은 계속되고 있습니다. 모세혈관, 경정맥 모두 나간 것 같아요!"

이미 차 시트도 흥건해진 상황, 이미 3~4리터의 피가 쏟아진 상황이었다.

그렇다면 거의 몸 전체 중 절반의 혈액이 쏟아져 내린 상황이었다. 더 이상 지체할 시간이 없었다.

─뭐라고요? 당신 의사입니까?

"네, 연희병원 의사입니다. 환자 의식 없고 타키카디아(발작성 빈맥)이 심합니다. 바로 응급수술 들어가야 할 것 같습니다. 준비해 주십시오!"

─네? 아, 알았습니다. 도착하려면 얼마나 걸릴 것 같습니까?

"5분 이내에 도착할 수 있습니다."

─아, 네. 알겠습니다! 도착하면 바로 마중 나가도록 하겠습니다.

"네."

울컥울컥, 계속해서 뿜어져 나오는 검붉은 혈액.

윤지원 간호사가 혼신의 힘을 다해 지혈해 보고 있지만 속

수무책이었다.

잠시 후, 그렇게 차로 달려 도착한 곳.

소망병원이란 준종합병원 규모의 병원이었다.

다다다다.

김윤찬 일행이 도착하자 의사들이 스트레처 카를 몰고 와 대기하고 있었다.

"스트레처 카 필요 없습니다. 응급실이 어딥니까? 제가 환자데리고 갈게요."

이미 피 칠갑을 한 김윤찬을 의사들이 멍하니 쳐다보고 있었다.

"빨리요!"

차에서 내린 김윤찬이 환자를 업고, 그 옆에서 윤지원이 손으로 남자의 목을 틀어막고 있었다.

"어, 지원 씨?"

그 순간, 의사 하나가 윤지원을 알아보는 것 같았다.

'어떻게 윤 간호사를 아는 거지?'

고개를 갸웃거리는 김윤찬.

하지만 워낙 급한 상황이라 더 깊게 생각할 여유는 없었다.

"네, 선생님! 저 지원이 맞아요. 그게 중요한 게 아니라, 빨리요! 빨리 응급실로 옮겨야 합니다."

확실히 열 의사 안 부러운 윤지원 간호사였다.

"네에, 알았어요! 따라오세요!"

그제야 의사들이 움직이기 시작했다.

♡

잠시 후, 응급실 안.

"이, 이걸 어쩌지? 이, 이 정도면 피를 너무 흘린 것 같은데?"

"그러게요. 뭐, 뭐부터 해야 하는 거지?"

"어휴, 이 환자 우리가 감당할 수 있을까? 안 될 것 같은데? 생각보다 너무 심하잖아?"

바닥에 뚝뚝 떨어지는 핏방울. 어느새 병원 바닥마저도 환자의 피로 물들어 있었다.

"그러게 말이야. 지금이라도 더 큰 병원으로 보내야 하는 것 아냐?"

생각했던 것보다 상황이 심각하자 의사들이 우왕좌왕 갈피를 잡지 못하고 있었다.

"선생님! 인튜베이션(기도삽관) 해야죠!! 인튜베이션 모릅니까?"

답답한 상황이 눈앞에서 펼쳐지자 김윤찬이 목소리 톤을 높였다.

"아! 인튜베이션! 해야죠! 인튜베이션! 정 간호사님, 인튜베이션 키트 좀 가져다주세요!"

당황한 의사 하나가 간호사를 향해 소리쳤다.

"앰부 배깅 안 합니까?"

"아, 해야죠. 앰부!"

앰부를 반복하면서도 어쩔 줄 몰라 하는 그였다.

"기도 개방 안 합니까?"

"네? 해야죠!"

"사이즈 측정은요?"

"아! 사이즈 측정? 해, 해야죠. 해야죠."

어물쩍거리며 망설이는 의사였다.

"당신 의사 맞습니까? 비키세요! 제가 하겠습니다."

도저히 참지 못하겠는지 김윤찬이 의사의 몸을 밀쳐 냈다.

드르륵, 그 순간 인튜베이션 키트를 싣고 간호사가 베드로 왔다.

그렇게 해서 시작된 기도삽관.

"라린고(lanygoscope, 후두경) 주세요!"

"……."

후두경을 어설프게 조립하며 머뭇거리는 간호사.

"간호사님! 빨리 좀 주십시오!"

"네네, 여기 있습니다."

김윤찬이 재촉하자, 간호사가 허둥거렸다.

"후우우, 반대로 주셨잖아요! 이렇게요, 이렇게 주셔야
죠!"

"아! 죄송합니다."

후두경을 반대로 내놓는 간호사, 이곳의 의료진은 의사나
간호사나 모든 것이 서툴렀다.

"엔도 트레키얼(삽관 튜브)요!"

"네?"

"튜브요! 튜브 달라고요!"

"네, 여기 있습니다."

"간호사님! 스타일렛(기관 내 튜브탐침)이 튜브 밖으로 나왔잖
아요!"

"네? 그럼 어떻게 해야 하죠?"

"어떻게 이럴 수가 있죠? 간호사님! 스타일렛 빼야죠! 이
렇게 주시면 어떡합니까?"

간호사가 어설프게 튜브를 전달하자 참다못한 윤지원 간
호사가 나섰다.

"아, 네. 죄송합니다."

간호사가 민망한 듯 얼굴을 붉혔다.

"김윤찬 선생님! 제가 어시스트할게요!"

결국 윤지원 간호사가 그녀를 대신해 황급히 어시스트 자
리로 옮겼다.

"네, 그렇게 해주세요."

결국 윤지원 간호사가 나서고 나서야 제대로 된 인튜베이션을 할 수 있었다.

"후우, 일단 기도는 확보했습니다. 빨리 수술실로 옮겨야 할 것 같아요! 수술하실 분은 계신 거죠?"

기도 삽관을 완료한 김윤찬. 그가 주위를 둘러보며 말했다.

"네, 원장님께 연락했습니다. 이제 곧 오실 거예요!"

"원장님요? 다른 분은 안 계셨던 겁니까?"

"아, 네. 그게, 응급수술은 우리 원장님이 도맡아 하셔서요!"

"그래요? 언제 오시는 겁니까?"

"오실 때 다 됐습니다. 아! 저기, 저기 오시네요!"

"무슨 일이야?"

황급히 응급실로 들어오는 중년의 남자.

희끗희끗 한 머리카락에 제법 구력이 느껴질 만큼 묵직한 목소리였다.

그는 이 병원의 원장, 윤상국이었다.

"원장님이십니까?"

"누구요?"

"아빠, 우리 병원 흉부외과 선생님이세요!"

'아빠? 뭐야, 이 사람이 윤 간호사의 부친이었단 말이야?'

"네? 아버님이라고요?"

"후우, 네. 너무 급해서 제가 말씀을 못 드렸는데, 이분이 제 아버지세요!"

"아, 네. 그렇군요."

김윤찬이 조금은 당혹스러운 표정을 지었다.

"그래? 연희병원 의사가 여기 왜 있는 거야? 그리고 지원이 너는 뭐고?"

윤상국 원장이 윤지원과 김윤찬을 번갈아 쳐다봤다.

"원장님, 자세하게 설명드릴 시간이 없습니다. 이 환자, 현재 대략 3리터에서 4리터 혈액을 손실한 것 같습니다. 캐필러리 베슬(모세혈관), 인터널 쥬결러 베인(경정맥)까지 전부 전기톱에 쓸려 나간 것 같습니다. CT를 찍어 봐야 확실하겠지만, 다행히도 카로티드(경동맥)까지 나간 것 같지는 않습니다."

"그걸 어떻게 알아요?"

"음, 경동맥까지 날아갔다면 지금 이분, 이미 돌아가셨겠죠. 최소한 경동맥까지는 살아 있는 것 같으니까, 빨리 경정맥 찾아서 봉합하면 살릴 수 있을 것 같습니다."

"네, 우리 선생한테 연락은 받아서 대충은 알고 있습니다."

"지금 상황이 급합니다! 바로 수술을 들어가셔야 할 것 같습니다, 원장님!"

"알았어요. 일단 제가 좀 살펴보겠습니다. 잠시 나가 주시 겠습니까?"

"아, 네."

잠시 후.

"박 선생! 환자, 지금 당장 수술실로 옮겨!"

윤상국 원장이 환자를 살펴보더니 이내 목소리 톤을 높였 다.

그도 그럴 것이 육안으로 보기에도 환자는 생명이 위급할 정도로 위중한 상황이었다.

"원장님이 직접 집도하실 겁니까?"

"그래, 내가 집도할 거니까 빨리 마취과 선생 호출하고 스 크럽 간호사들 빨리 내려오라고 해!"

"네, 알겠습니다."

"환자 혈액형은 확인했지?"

"네, 원장님."

"피는 충분해?"

"네, 다행히도 RH+B형이라 부족하지는 않을 것 같습니 다."

"알았어요. 그러면 혈액 확보하고 빨리 수술방으로 옮깁 시다!"

"네, 알겠습니다."

"원장님, 괜찮으시다면 제가 수술방에 들어가서 어시스트 해도 되겠습니까?"

그 순간, 김윤찬이 윤상국 원장의 길을 막아섰다.

"그래요, 아빠! 김윤찬 쌤이 같이 들어가시는 게 좋을 것 같아요! 우리 병원 선생님들 솔직히 너무 불안해요!"

그러자 윤지원이 거들고 나섰다.

"음! 김윤찬 선생이라고 했나요?"

"네, 원장님!"

"김 선생 마음은 충분히 이해하지만, 여긴 내 병원입니다. 내가 우리 병원 의사들을 신뢰하지 않으면 누굴 신뢰하겠습니까? 지금까지 충분히 노력했으니, 수술은 나와 우리 의사들에게 맡겨 주는 것이 좋을 것 같군요!"

윤상국 원장이 나지막한 목소리로 말했다.

"……네, 알겠습니다. 잘 부탁드립니다."

윤상국 원장의 의도를 너무나도 잘 이해하고 있기에 김윤찬 역시 아무 말도 할 수 없었다.

"고마워요, 이해해 줘서. ……자! 서두르자고! 응급실엔 최소한의 인원만 남기고 전부 3번 수술방으로 와! 바로 수술 들어갈 테니까!"

"네, 알겠습니다, 원장님!"

"그리고 김 간호사는 이분 빨리 신원 파악해서 보호자에게 연락드리도록 해!"

"네, 원장님!"

드르륵, 그렇게 환자를 실은 스트레처 카가 수술방으로 향했다.

"쌤! 너무 걱정하지 말아요! 우리 아빠, 연희병원 응급의학과 출신이세요! 잘 해내실 거예요."

김윤찬이 못 미더운 표정으로 멀어져 가는 스트레처 카를 응시하자 윤지원이 그를 다독였다.

"네? 연희병원 응급의학과요?"

"네, 고함 교수님이랑 동창이세요. 몇 년 전까지 우리 연희병원에서 교수로 재직하시다가 퇴직하시고 이곳에서 일하세요."

"아, 그렇습니까?"

고함 교수님의 동창이란 윤지원 간호사의 말에 조금은 안심할 수 있었다.

"전 우리 아빠를 믿어요. 그러니까 쌤도 너무 걱정하지 말아요."

"네, 알겠습니다."

그리고 잠시 후.

수술방 초록색 불이 켜지면서 응급수술이 시작되었다.

3번 수술방.

급히 전신마취를 마친 채 수술대로 옮겨진 환자.

CT 촬영 결과 김윤찬의 말대로 모세혈관과 경정맥은 치명적인 손상을 입었지만, 천만다행으로 경동맥은 손상을 입지 않았다.

수술방 간호사들이 탭(지혈용 거즈)을 찢어진 목에 대며 지혈해 보지만 역부족이었다.

툭, 툭, 툭.

시뻘건 피를 머금은 거즈들이 바구니에 차곡차곡 쌓여만 갔다.

"원장님, 지혈이 되질 않는데요?"

"눌러! 일단 눌러 놔야 그다음이 있을 거 아냐?"

"김 간호사, 피 몇 개나 있나?"

"지금 열 팩 가지고 있습니다!"

"지금 나랑 장난해? 그거 거지고 누구 코에 붙여? 이 환자, 이 정도면 거의 절반을 잃었어! 당장 나가서 피 있는 대로 다 가지고 와. 없으면 다른 사람 피라도 뽑아다가 20팩 더 채워 놔! 당장!"

'젠장, 무슨 손발이 맞아야 뭘 해 먹지. 내가 그렇게 가르쳤어?'

짜증이 밀려오는지 윤상국 원장이 안면 근육을 일그러뜨렸다.

"네, 원장님, 알겠습니다."

"빨리빨리!"

윤상국 원장의 불호령이 떨어지자 의료진이 부산해지기 시작했다.

이렇게 시작된 응급수술.

일단 경정맥 출혈을 임시로 틀어막은 후, 출혈이 멈추면 찢어진 혈관을 찾아 봉합해야 하는 상황이었다.

"박 선생! 지금부터 내 말 잘 들어! 이 환자, 혈관 못 잡으면 바로 테이블 데스야! 정신 똑바로 차려!"

"네, 원장님!"

"혈관 막아! 피 터지잖아!"

박 선생이 머뭇거리자 윤상국 원장이 호통을 쳤다.

"네, 원장님!"

"야! 너 정신 안 차릴래? 좀 전에도 인튜베이션 하나 제대로 못 해서 타 병원 의사한테 개망신을 당하더니, 너 가운 벗고 싶어!!"

"죄, 죄송합니다."

"뭐 해, 지금? 탭 들어 눌러!"

"네."

"이씨, 꽉 눌러!!!"

"네, 알겠습니다."

"최 간호사! 모스키토(혈관을 집는 겸자) 하나 줘 봐! 빨리!"

울컥울컥, 계속해서 뿜어져 나오는 검붉은 피. 쉽게 출혈을 막아 내기 힘들어 보였다.

"거기 눌러!"

"네."

허둥대는 의료진.

"탭! 탭 더 가지고 와!"

"네, 원장님!"

툭, 툭, 툭

어느새 한 바구니가 피를 머금은 탭으로 가득 채워졌다.

"혈액 떨어지면 이 환자 죽어! 절대로 수혈 멈추면 안 돼!"

"네, 알겠습니다."

"노말셀라인 풀드립 하고 계속 수혈해!"

모니터를 살펴보는 윤상국 원장의 시선이 바빠졌다.

"네네, 알겠습니다."

잠시 후.

그렇게 응급수술이 시작된 지 1시간여, 마침내 급한 불은 껐다.

하지만 겨우 클램핑(찢어진 혈관을 고정하는 것)을 해 지혈한 것은 임시방편일 뿐, 본격적인 수술은 시작도 하지 않았다.

수술방 복도.

"김성철 씨 보호자분 오셨습니까?"

수술방에서 박 선생이 나와 주변을 두리번거렸다.

"네네, 맞아요! 제가 아내입니다! 우리 남편 어떻게 된 건가요?"

병원 측의 연락을 받고 도착한 환자의 아내가 사색이 되어 물었다.

"일단 응급조치는 끝이 났는데, 워낙 혈관을 많이 다쳐서 지금부터 혈관 봉합 수술을 할 예정입니다. 장담할 수 없는 상황입니다."

"장담을 못 한다고요? 그, 그럼 잘못될 수도 있다는 겁니까? 우리 남편 좀 살려 주십시오, 제발!"

"제가 어떻게 할 수 있는 상황이 아닙니다. 그럼 이만 들어가 보겠습니다."

그녀의 시선을 회피하는 박 선생.

지금의 상황에서 의사의 말 한마디는 절대자의 그것이었다.

그가 쉽게 내던지는 말 한마디에 보호자들은 천당과 지옥을 왔다 갔다 할 수밖에 없었다.

"아주머님, 진정하세요. 안에서 집도하시는 분이 제 아버지예요! 우리나라 최고의 응급의학과 교수님이시니, 잘 해내실 겁니다. 너무 걱정 마세요.”

한걸음에 달려가 그녀를 부축하는 윤지원 간호사.

윤지원 간호사가 그녀의 손을 어루만지며 달래기 시작했다.

“저, 정말입니까?”

“그럼요! 제 아빠라서가 아니라 진짜 실력 하나만큼은 최고예요! 한때, ‘저최라 교수’라고 불렀다니까요?”

“네? 저최라요? 그게 무슨 뜻이죠?”

“저승사자 최대 라이벌요! 우리 아빠가 계신 병원에는 저승사자도 안 온대요. 아빠 때문에 영업이 안 돼서요.”

“아, 네.”

피식, 윤지원의 말에 보호자의 입가에 엷은 미소가 걸쳤다.

헤헤헤. 보호자의 등을 쓸어내려 주는 윤지원 간호사.

이 급박한 상황에서도 보호자를 미소 짓게 해 줄 수 있는 간호사는 아마 그녀뿐이리라.

그녀만이 가지고 있는 매력이었다.

“선생님!”

김윤찬이 수술방으로 다시 들어가려던 박 선생의 발걸음을 멈춰 세웠다.

“네? 뭡니까?”

퉁명스러운 톤으로 김윤찬을 쏘아붙이는 박 선생.

"환자, 경동맥은 괜찮은 겁니까?"

"제가 그런 것까지 말씀드려야 합니까?"

말투에 가시가 박혀 있었다.

아마 수술방에서 윤상국 원장에게 한 방 먹은 모양이었다.

"제가 데리고 온 환자라서 마음이 쓰여서 그렇습니다."

"흠흠, 네. 경동맥까지 먹히진 않은 것 같습니다. 됐습니까?"

박 선생이 귀찮다는 듯이 손을 내저었다.

"네, 수술 잘 부탁합니다!"

"……."

내 말에 대꾸도 없이 수술방으로 들어가는 박 선생.

순간 얄미운 마음에 달려가 뒤통수라도 후려갈기고 싶었다.

같은 시각, 4층 입원 병동.

"이봐, 장 씨! 어디서 타는 냄새가 나는 것 같지 않아?"

쿵쿵쿵, 병실을 돌아다니며 코를 벌름거리던 한 남자가 물었다.

"냄새? 무슨 냄새? 난 모르겠는데?"

"아니야, 이거 분명 어디서 탄내가 나는 것 같은데?"

"젠장, 누가 휴게실에서 음식 해 먹나 보지? 고기 탄 내 아니야?"

"이 사람아! 누가 병원에서 고기를 구워 먹어? 말이 되는 소리를 해야지."

킁킁킁, 남자가 미간을 찌푸리며 연신 코를 벌름거렸다.

"아이고, 이봐, 오 씨! 여기 환자들이 상상 이상이야. 다들 팔다리 부러진 거지 입은 쌩쌩해. 그 인간들이 밍밍한 병원 밥에 만족하겠나? 몰래 사제 음식 들여와 먹는 거 몰라? 별의별 짓을 다 한다고!"

"그래?"

"그래, 차갑게 먹겠답시고 정수기 통에다 소주 부워 마시는 인간들도 있어. 그깟 고기를 못 구워 먹을까?"

"그래? 그러면 고기 탄 냄새인가?"

"당연하지. 신경 꺼!"

"아닌데…… 이건 분명 고기 타는 냄새가 아닌데?"

장 씨의 말에 오 씨가 고개를 갸웃거렸다.

♥

수술방.

팟! 파팟! 파파팟!

수술대 위에 조명이 다시 켜지며, 윤상국 원장을 비롯한 수술진은 본격적인 혈관 봉합술을 시작했다.

이미 너덜너덜해진 경정맥과 주변의 혈관들을 모두 찾아 하나하나 봉합해야 하는 대수술이었다.

뚜뚜뚜뚜.

환자의 활력징후를 확인할 수 있는 있는 EKG 모니터에 환자의 바이탈사인이 숫자로 보이고 있었고, 각종 수술 장비들이 가동되기 시작했다.

경정맥은 외경정맥과 내경정맥 둘로 나뉘는데, 이 둘은 완두정맥에서 모여 상대정맥이 된 후 심장으로 간다.

현재 환자의 외경정맥과 내경정맥 모두가 손상된 상황이었다.

너덜너덜해진 경정맥과 주변의 모세혈관들.

경동맥을 제외한 거의 모든 혈관들이 완전히 찢어지거나 손상을 입었다.

"지금부터 찢어진 인터널 주글라 베인(내부 경정맥) 모두를 찾아 봉합할 거다. 단 하나의 혈관도 놓쳐서는 안 된다! 알았어?"

"네, 원장님!"

"대답만 잘하지 말고 실력으로 말해. 의사는 모든 것을 실력으로 말한다. 최선을 다하도록 해!"

"네, 최선을 다하겠습니다!"

"내가 말한 최선은 좋은 결과가 나올 때 의미가 있다는 걸 명심해. 당신들이 들고 있는 그 바늘과 실은 옷을 꿰매라고 준 게 아니야. 사람 살리라고 쥐여 준 거지. 옷이야 잘못 꿰매면 뜯어내면 그만이지만, 환자의 혈관은 아니야. 시작을 잘못하는 순간, 이 환자는 죽는다! 매 순간, 절대로 긴장을 늦추면 안 돼. 정신 바짝 차리도록!"

"네, 원장님!"

그렇게 본격적인 봉합 수술이 시작될 무렵이었다.

펑, 꺼져 버린 조명.

갑자기 수술방의 전원이 나가 버렸다.

"뭐야? 어떻게 된 거야?"

수술에 집중하던 윤상국 원장이 목소리 톤을 높였다.

"저, 전원이 나간 것 같습니다!"

"멍충아! 이럴 때 쓰라고 돈 들여서 보조 전원 장치 구비한 거 아냐? 빨리 조치해! 수술 중에 이게 무슨 난리야?"

윤상국 원장이 얼굴을 붉히며 소릴 질렀다.

"네, 알겠습니다. 곧 조치하겠습니다."

팟, 파팟, 파파팟.

잠시 후, 전원이 다시 들어왔고 꺼졌던 수술방 조명도 환하게 다시 돌아왔다.

그렇게 윤상국 원장의 수술은 다시 시작되었다.

"안 보여! 한 선생! 이리게이션(세척) 똑바로 안 해?"

윤상국 원장이 미간을 좁히며 고개를 내저었다.

"네."

"석션!"

"네, 석션하겠습니다."

"리게이션(혈관 결찰)!"

"리게이션!"

윤상국 원장이 손을 내밀자, 스크럽 간호사가 샤프켈리(비교적 절개 부위가 넓은 혈관을 결찰하는 수술 도구)를 내밀었다.

"당신, 지금 장난해? 인시전(절개 부위)이 이렇게 바늘구멍인데 샤프켈리를 내밀어? 당장 모스키토 안 가지고 와!"

"네, 죄송합니다, 원장님!"

"젠장, 내가 이런 것들을 데리고 수술을 해야 해? 너희 진짜 정신 안 차릴래? 어?"

하아, 윤상국 원장이 어처구니없다는 듯이 한숨을 내쉬었다.

"죄송합니다."

"맨날 죄송이지! 됐고! 바늘하고 실 줘."

"어, 어떤 실로 드릴까요?"

"이제 완전히 미쳤구나, 너희? 당연히 파이브제로 줘야 할 것 아니야?"

"아, 네. 여기 있습니다."

"하아, 다들 오늘 수술 끝나면 곡소리 나게 해 줄 테니까, 각오들 해. 이래 가지고 너희가 사람 살리는 의료진이야? 인간 백정이지!"

윤상국 원장이 손발이 맞지 않는 의료진을 향해 냉소적인 시선을 흩뿌렸다.

"죄, 죄송합니다."

"아무튼, 수술 다 끝나고 보자. 한 따가리 아주 제대로 해 줄 테니까."

이렇게 힘겹게 윤상국 원장이 혈관 하나하나를 결찰하고 봉합하기 시작했다.

"아이고야! 이거 멀쩡한 혈관이 하나도 없네? 후우, 미치겠네, 진짜! 경동맥 안 건드린 게 천만다행이다, 다행!"

그렇게 혈관 봉합을 시작한 지 1시간여.

이제 수술이 반쯤 진행되었을까?

웅성웅성.

수술실 밖이 도떼기시장처럼 시끄러워지기 시작했다.

"무슨 일이야? 수술 중인데 밖이 왜 이렇게 소란스러워?"

"글쎄요. 저도 잘 모르겠습니다. 밖에 나가서 알아볼까요?"

박 선생이 고개를 갸웃거렸다.

"됐어! 수술에나 집중해!"

그리고 이어진 소방차 사이렌 소리.

멀리서 시작됐던 소리가 점점 가까이 들리기 시작했다.

"젠장, 대체 무슨 일이……."

바로 그 순간이었다.

쾅!

수술방 문을 열고 들어오는 한 남자.

그는 소망병원의 사무장인 도정철이었다.

허억허억, 양손을 무릎에 올려놓은 채 숨을 헐떡거리는 도정철 사무장.

"미쳤어! 당신이 지금 여기가 어디라고 들어와?"

윤상국 원장이 버럭거리며 목소리 톤을 높였다.

"워, 원장님! 지, 지금 큰일 났습니다."

도정철 사무장이 사색이 된 얼굴로 말을 더듬거렸다.

"왜 그래? 뭔데? 말 똑바로 안 해?"

그런 도정철의 모습에 짜증이 났는지, 윤상국 원장이 다그쳤다.

"네. 4, 4층 병실에서 화, 화재가 났어요! 빨리 대피하셔야합니다!"

어이없게도 수술 도중, 병원에서 화재가 발생하고 말았다.

"4층 병실에서 화재가 났다는 건가?"

화재가 났다는 사무장의 말에 윤상국 원장의 눈동자가 흔들렸다.

"네, 그렇습니다, 원장님!"

"119에 신고는 한 건가?"

하지만 그것도 잠시, 윤상국 원장의 목소리는 곧 평정심을 되찾았다.

윤상국 원장은 침착한 목소리로 물었다.

"네, 이제 막 도착한 것 같습니다."

"그래, 환자들이 우선이야. 매뉴얼에 맞춰서 환자들부터 안전한 곳으로 이동시키도록 하세요!"

"네? 워, 원장님은요?"

사무장 도정철이 깜짝 놀라 물었다.

"환자가 있는데 의사가 어딜 갑니까?"

"아니, 지금 그럴 상황이……."

좀 전과는 다르게 웅성거리는 소음이 좀 더 심해진 듯했다.

"난 수술 다 끝마치고 나갈 테니까, 화재 대피는 사무장이 신경을 써 줘요. 무엇보다 환자들의 안전이 최우선입니다. 다른 건 상관없으니까, 인명 피해만 없도록 부탁합시다!"

"안 됩니다! 언제 불길이 여기까지 치솟을지 모릅니다! 여기 우리 병원 대부분의 의료진이 있잖습니까? 일단 모두 대피부터 해야……."

사무장 도정철이 다급한 목소리로 윤상국 원장을 설득하려 했다.

"애들한테 의사는 환자를 버리지 않는다고 가르쳐 놓고, 이제 와서 도망치라는 겁니까? 여긴 내가 알아서 할 테니까, 사무장은 머뭇거리지 말고 빨리 나가서 다른 환자 대피나 시키세요!"

"아, 알겠습니다! 원장님, 곧 다시 돌아오겠습니다. 조금만 기다려 주십시오."

"그럴 필요 없대두. 여기는 우리가 알아서 할 테니까, 신경 쓰지 말고 환자들이나 무사히 대피시키세요!"

"아, 네! 아, 알겠습니다."

윤상국 원장의 추상같은 목소리에 도정철 사무장이 뒷걸음을 치며 수술방을 빠져나갔다.

"……119에서 소방차가 왔다니 너무 걱정할 필요 없어요. 우리는 우리 할 일을 하면 됩니다! 다시 수술 시작합니다."

공포에 떨고 있는 수술진.

윤상국 원장이 차분한 목소리로 그들의 심리 상태를 안정시키려고 했다.

"……."

하지만 그게 말처럼 쉬운 건 아니었다.

동요하는 의료진!

밖이 점점 소란스러워지자 의료진의 표정이 점점 상기되고 있었다.

전의를 상실한 군사들.

그들에게는 이미 싸울 의지가 없었다. 그들이 할 수 있는 선택은 단둘뿐.

들고 있던 총칼을 버리고 도망치거나, 적의 포탄에 맞아 죽든가.

물론 그들의 선택은 전자였다.

"김 간호사, 모스키토!"

"……."

윤상국 원장이 침착한 목소리를 손바닥을 내밀자 간호사가 눈만 깜박일 뿐이었다.

"김 간호사! 모스키토!!"

"네?"

바짝 얼어붙은 김 간호사! 그녀의 시선은 수술실 밖 복도 쪽으로 향해 있었다.

"김 간호사! 지금 뭐 하고 있는 겁니까? 모스키토 달라고요!"

"네? 네에. 여, 여기 있습……."

"이런 젠장! 지금 뭘 주는 거야!"

완전히 넋이 나간 상황.

김 간호사가 엉뚱한 수술 도구를 윤상국 원장의 손에 얹어 주었다.

"정신 안 차릴래? 지금 환자 죽일 셈⋯⋯."

"워, 원장님! 죄, 죄송하지만 저도 더 이상은 못 하겠습니다."

윤상국 원장의 말이 떨어지기 무섭게 박 선생이 쓰고 있던 마스크를 벗어 던졌다.

"당신, 지, 지금 뭐 하자는 건가?"

"저, 집에 아이가 둘이나 있습니다, 원장님!"

뒷걸음치는 박 선생.

"⋯⋯그래서?"

윤상국 원장이 어이없다는 표정을 지었다.

"저, 저 솔직히 의사로서 사, 사명감 같은 거 잘 모릅니다. 지금 이 상황에서 생각나는 건 우리 가족들뿐이에요! 더, 더 이상은 못 하겠습니다. 죄송합니다, 원장님!"

박 선생이 수술 두건을 집어 던진 채, 뒷걸음질 쳤다.

"⋯⋯."

그런 그의 행동에 아무 말도 하지 못하는 윤상국 원장이었다.

"원장님! 저, 저도 손이 떨려서 더 이상은 못 버틸 것 같습니다! 죄송합니다!"

두려움에 떨고 있는 의료진.

모두 누구 하나가 나서기만 기다리고 있었고, 그 물꼬를 박 선생이 트자 봇물 터지듯 터져 나오기 시작했다.

어시스트를 서고 있던 황 선생도, 수술 도구를 챙겨 주던 김 간호사도, 사색이 된 얼굴로 뒷걸음질 치고 있었다.

"자네들 전부 앞으로 내 얼굴을 안 볼 셈인가?"

"죄송합니다. 지금 그런 걸 생각할 마음의 여유가 없습니다! 일단 전, 살아야겠습니다! 죄송합니다!"

마침내 견디지 못한 박 선생이 수술방 문을 열고 밖으로 튀어 나갔다.

웅성웅성.

"불이야!!"

4층은 물론이고 이미 3층까지 불길이 번진 급박한 상황이었다.

깜짝 놀란 환자들과 직원들이 전부 몰려나와 이미 병원은 아수라장이었다.

"지, 지금 뭐 하시는 겁니까? 수술은 끝난 겁니까?"

서둘러 박 선생이 복도로 튀어나오자 김윤찬이 그의 팔목을 부여잡았다.

"저기 사람들 비명 지르는 것 안 보이십니까? 지금 저한테 뭘 더 바라시는 건가요? 이 손 놔요!"

이미 제정신이 아닌 박 선생이었다.

"박 선생님! 아니, 정환 오빠! 그러면 지금 수술이 끝나지도 않았는데 나온 거라고요?"

윤지원이 달려와 박 선생의 앞길을 막았다.

"지원아, 미안하다. 나도 어쩔 수 없어!"

"아, 아니! 오빠가 아빠한테 어떻게 이럴 수 있어요?"

"하아, 지금 나한테 뭘 더 바라니? 나, 난! 그냥 평범한 사람이야. 영웅이 아니라고!"

"……."

그러자 윤지원 간호사가 망연자실한 표정으로 아무 말도 못했다.

"지원아! 너도 빨리 원장님 모시고 나와! 살 사람은 살아야 할 것 아니니?"

"그, 그걸 말이라고 하는 거야? 아빠가 안에 있는데 어떻게 오빠가 이럴 수……."

"미, 미안해! 나도 어쩔 수 없어!"

박 선생이 옷소매로 코를 막으며 비상구를 향해 내달렸다.

웅성웅성, 웅성웅성.

그 순간, 수술방에서 의료진이 하나둘씩 튀어나왔다.

"미숙 언니! 언니마저 왜 이러는 건데? 화, 환자는 어떡하고? 아빠는? 언니! 나중에 이 죄책감을 어떻게 씻으려고 그래?"

윤지원이 김 간호사의 옷소매를 붙잡고 매달렸다.

"미안해, 지원아! 나, 나도 어쩔 수 없어! 미안해, 정말 미안해!"

그녀 역시 어쩔 수 없었다.

김 간호사가 윤지원의 손길을 뿌리치고는 거즈로 코를 가린 채, 계단 쪽으로 달려갔다.

공포심은 모든 사람의 이성을 마비시킨다.

합리적으로 사고할 수 없으며 본능적으로 이기적인 사람이 되게 만든다. 오로지 자신의 안녕 이외에 그 무엇도 그 사람에게 중요한 것이 없다.

하지만 모두가 그렇다면, 인류 역사상 영웅은 탄생하지 않았으리라.

용기 있는 한 사람이 영웅이 되는 것이 아니라 공포심에 사로잡힌 대중이 한 사람을 영웅으로 만들 뿐이다.

나 역시 지금의 상황이 어떻게 두렵지 않겠는가?

나도 두렵다.

겁나게 두렵다.

지금이라도 당장 이 불구덩이 속을 벗어나고 싶다.

지금 이 순간에도 갈등하고 있다.

수십 번, 아니 수백 번도 더!

하지만 저 방 안에는 생명이 위태로운 환자가 누워 있고, 그 환자를 살리려는 단 한 명의 의사가 있다.

난 그를 믿으련다.

그래서 안으로 들어가려 한다!

난 사람을 살리는 의사니까!

"지원 씨, 지금 이러고 있을 시간이 없어요. 우리가 들어갑시다!"

김윤찬이 윤지원의 팔목을 잡아끌었다.

"서, 선생님!"

"괜히 그런 표정 짓지 말아요! 나도 지금 굉장히 무서우니까! 일단 죽이 되든 밥이 되든 해 봅시다. 안에 아버님이 계시지 않습니까?"

"네. 고마워요, 쌤! 정말 고마워요!"

그렇게 나와 윤지원은 수술방 안으로 뛰어들어 갔다.

잠시 후, 수술방.

모두 떠나간 수술방. 한쪽 구석에 마취과 의사만이 사시나무 떨듯 몸을 웅크리고 있었다.

자기마저 나가면 정말 환자가 죽을지도 모르기에 어쩔 수 없이 남아 있었던 모양이었다.

"너희 뭐야? 여기 누가 들어오래?"

수술복으로 갈아입은 윤지원과 김윤찬의 모습이 보이자 윤상국 원장이 깜짝 놀란 표정으로 물었다.

"뭐긴요. 환자 수술하러 왔죠. 의사가 수술방에 들어가는데, 무슨 허락을 받아야 합니까?"

"아빠! 저희가 도울게요!"

윤지원 간호사가 수술상 쪽으로 자리를 옮기며 주먹을 불끈 쥐었다.

"너, 정말 괜찮겠냐?"

"네, 아빠!"

"아니! 김윤찬 선생한테 말하는 거야. 넌 내 딸이니까 상관없다만, 저 사람은 아니잖아?"

윤상국 원장이 턱짓으로 김윤찬을 가리켰다.

"그러면 원장님은 괜찮으시겠습니까? 원장님만 괜찮으시다면 저도 괜찮습니다."

"……흉부외과 써전이라면서? 이런 수술 해 본 적 없잖아?"

"인튜베이션 하나 제대로 못 하는 사람들보단 잘할 자신 있습니다!"

"미친놈!. 지금 불나서 병원 전체가 아비규환인데 여길 쳐들어와?"

말은 거칠었지만 윤상국 원장의 눈빛은 천군만마를 얻은 것같이 일렁거렸다.

"저 원래 또라이라는 소리 많이 듣습니다. 우리 고함 교수님도 그렇게 부르거든요."

"고함이가?"

"네, 맞습니다."

"하여간 CS에는 미친놈들 천지구먼. 제정신 박힌 놈은 한 놈도 없어."

"원장님! 지금 우리 CS 욕할 시간이 없는 것 같은데요? 그리고 지원 씨도 우리 CS 간호사거든요."

"그래그래, 지원이 저것도 내 딸이긴 하지만, 제정신은 아니지."

"아빠! 누굴 탓해요? 저 아빠 딸 지원이에요."

이 상황에서도 여유를 잃지 않는 그녀.

매력적이다!

"알았어! 내가 그나마 인복은 좀 있는가 보다. 김윤찬 선생! 당장 어시스트 자리로 와! 고함 그 인간 제자라면 아쉬운 대로 써먹을 만은 하겠지. 맞나?"

"네, 원장님! 그럭저럭 부릴 만은 할 겁니다!"

"하여간, 고함 이 인간은 정말……."

윤상국 원장이 고개를 내저었다.

그렇게 김윤찬과 윤지원, 그리고 그녀의 아버지 윤상국 원장은 다시 봉합 수술을 재개했다.

"모스키토로 혈관 잡……."

이런 걸 두고 수준 차이라고 하는 건가?

프로와 아마추어의 간극은 생각했던 것보다 훨씬 더 컸다.

윤상국 원장의 오더가 떨어지기도 전에 찢어진 혈관을 찾은 김윤찬의 손놀림은 예사롭지 않았다.

"원장님, 이제 봉합하시면 됩니다."

톡, 톡, 톡.

탭(거즈)을 들고 찢어진 혈관을 잡아 지혈을 시도하는 윤지원 간호사.

"원장님, 환자 바이탈 떨어집니다. 혈액 팩 하나 더 걸겠습니다!"

김윤찬의 손놀림과 함께 윤지원의 시선도 바빠지기 시작했다.

혈액 팩이 다 떨어져 가자 새로운 혈액 팩을 갈아 끼우고, 수액도 적당히 조절하고는 탭을 들고 흘러나오는 피를 닦아내기 시작했다.

프로끼리는 통한다고 했던가?

단 한 번도 수술방에서 함께 일해 본 적이 없는 세 사람.

하지만 그 호흡만큼은 완벽에 가까웠다.

"잘했다, 지원아!"

윤상국 원장이 만족스러운 표정으로 고개를 끄덕였다.

김윤찬이 찢어진 혈관을 결찰하면 윤상국 원장이 능숙한 술기로 찢어진 혈관을 봉합했고 이 과정에서 필요한 모든 어시스트는 윤지원 간호사의 몫이었다.

어시스트 한 명과 스크럽 간호사 한 명.

하지만 수십 명의 어시스트 써전과 간호사보다 훨씬 나았다.

"교수님, 힘드시면 제가 봉합할까요?"

그렇게 하나둘 찢어진 혈관을 찾아 봉합하던 윤상국 원장의 이마가 땀으로 흥건히 젖어 있었다.

"됐네! 쪽팔리게 명색이 응급의학과 교수가 CS 나부랭이한테 바늘을 넘겨준다고? 어림도 없는 소리 하지 말게. 자네는 어시스트나 잘해."

끙, 윤상국 원장이 짙은 눈썹을 꿈틀거리며 콧방귀를 뀌었다.

"후후후, 네."

봉합 수술의 속도는 실로 놀라웠다.

혼자서 예닐곱의 의사들이 달라붙어서 했던 것보다 훨씬 시간은 단축되었고, 이제 몇 가닥의 혈관만 잡으면 수술을 마무리할 수 있는 상황이었다.

바로 그 순간이었다.

쾅! 수술방 문을 열고 안으로 들어온 남자.

그는 화재를 진압하기 위해 출동한 119 소방대원이었다.

"지, 지금 여기서 뭐 하시는 겁니까? 빨리 대피하십시오!"

4층에서 시작된 불길이 2층 수술방 인근까지 번진 상황. 소방대원의 목소리가 다급했다.

♥

"잠깐만요! 더 이상 이쪽으로 오지 마십시오. 매시브 블리딩(대량 출혈) 환자입니다. 칸타(감염) 위험이 있어요!"

김윤찬이 더 이상의 소방대원 진입을 막았다.

"네??"

자기들 구하러 왔는데, 지금 상황에서 이게 말이 되냐는 눈치다.

"김 선생 말 못 들었습니까? 지금 수술 중이잖습니까. 빨리 나가 주십시오."

"아, 네."

뜻밖의 반응에 소방대원이 당혹스러운 표정을 지었다.

"이왕 이렇게 안으로 들어왔으니, 부탁 하나만 합시다."

"아, 네. 뭐든 말씀하십시오."

윤상국 원장을 비롯한 모든 사람이 아무 일 없다는 듯이 굴자 소방대원이 멋쩍은 표정을 지었다.

"보조 전원이 언제 나갈지 모르니, 전력 케이블 좀 수술방에 따 주실 수 있겠습니까?"

"전력 케이블을요?"

"불가능한 겁니까?"

"아, 네. 뭐, 가능은 할 것 같습니만……."

"그러면 됐습니다."

"소방대원님! 저도 부탁 하나만 하겠습니다."

윤상국 원장의 말이 끝나자 김윤찬이 입을 열었다.

"네에, 말씀하십시오! 뭐든 할 수 있는 건 지원하겠습니다!"

그 짧은 순간, 그들의 눈빛을 읽어 낸 소방대원. 당혹감이 경외심으로 바뀌는 순간이었다.

"고맙습니다! 제가 알기론 소방차에 전력 환기 장치가 있는 걸로 압니다. 맞습니까?"

"그렇습니다. 내부 공기를 밖으로 빼내는 기계죠!"

"지금 환자는 최악의 감염 위험에 노출되어 있어요. 최대한 유독가스가 수술실로 스며들지 않게 도와주십시오."

"가능은 한데, 그것도 한계가 있어서 이곳에 장시간 머물순 없을 겁니다."

"저희가 1시간 내로 수술을 마치면 되겠습니까?"

"1시간요? 네네, 그 정도면 우리도 어떻게든 버틸 순 있을 것 같습니다!"

"좋습니다. 1시간 이내로 수술 마칠 테니까, 그때까지만 버텨 주십시오."

"선생님!!"

그러자 소방대원이 정 자세를 취하며 목소리에 힘을 주었다.

"네."

"저 환자, 꼭 살려 주십시오! 선생님들은 저희가 살리겠습니다! 존경합니다!"

소방대원이 오른손을 들어 절도 있는 자세로 거수경례를 붙였다.

"네, 최선을 다하겠습니다!"

"넵! 조금만 기다려 주십시오. 아, 전 상로소방서 현장대응단 지휘 2팀장 조상기입니다. 실례가 되지 않는다면 선생님의 존함을 알고 싶습니다!"

"제 이름요?"

"네, 오늘을 꼭 기억하고 싶습니다!"

"후우, 네. 전 연희병원 흉부외과 써전 김윤찬이라고 합니다!"

"네, 알겠습니다, 김윤찬 선생님! 제가 반드시 여러분들을 모시러 다시 오겠습니다."

소방대원이 윤상국 원장을 비롯한 모든 의료진에게 골고

루 시선을 주며 경례를 하고는 수술방 밖으로 나갔다.

"김윤찬 선생? 저 사람한테 지금 뭐라고 한 건가?"

"최선을 다하겠다고 했는데요?"

"아니, 그 전에. 1시간 뭐 어쩌고저쩌고했잖아?"

"그 전에요? 아, 1시간 이내에 수술을 끝내겠다고 했습니다."

"그러니까, 그게 말이 돼? 1시간 이내에 수술을 어떻게 마쳐?"

윤상국 원장이 어이없다는 표정을 지었다.

"교수님은 하실 수 있습니다."

"뭐, 뭐라고? 내가?"

"넵! 교수님은 교수님의 실력을 너무 과소평가하고 계신 것 같습니다. 제가 보기엔 1시간이 아니라 30분이면 충분할 것 같거든요."

헤헤헤, 김윤찬이 윤상국을 보며 해맑게 웃었다.

"와! 구라치는 게 딱 고함과네, 고함과야."

"뭐, 무식한 CS 것들이 다 그렇죠 뭐. 이럴 시간 없습니다. 빨리 마저 끝내고 나가시죠?"

"하하하, 완전 꼴통이네, 꼴통!"

어이없는 표정을 짓지만 지금 이 순간, 그에게 윤찬은 세상 든든한 어시스트이리라.

소망병원 외부.

"전 대원, 지금부터 내 말 잘 들어라."

밖으로 나간 지휘 2팀장 조상기가 소방대원들을 불러 모았다.

"네, 팀장님!"

"지금부터 절대로 유독가스가 2층 수술실로 번지게 하면 안 된다!"

"네, 알겠습니다!"

"안에 의사 선생님들이 환자를 수술하고 있다! 우리가 할 수 있는 최대한의 지원을 해야 할 것임을 명심해라. 절대로 유독가스가 2층으로 스며들어 가서는 안 된다! 맨몸으로 막는 한이 있더라도 2층은 반드시 사수해야 한다. 알았나!"

"네!"

"좋아! 장 대원하고 윤 대원은 2층 수술실에 보조 전원 케이블 지원하고, 나머지는 기존 진화 작업을 계속한다! 빨리 빨리 움직여!"

"네, 알겠습니다."

그렇게 소방대원들이 바삐 움직이기 시작했다.

1시간 후, 불길이 어느 정도 잦아들었다.

2층에 방어선을 구축한 소방대원들의 헌신적인 노력 덕분에, 다행히 유독가스가 수술방으로 스며드는 것을 막아 낼 수 있었다.

"김윤찬 선생님! 저희 왔습니다. 수술은 끝마치셨습니까?"

지휘 2팀장 조상기 대원을 비롯한 대원 몇 명이 수술실 안으로 들어왔다.

모두 멸균 방역복을 입고 있었으며, 음압 전용 격리형 들것을 가지고 왔다.

"네, 그렇습니다. 대원님, 센스 있으시네요."

그 모습을 지켜보던 김윤찬이 씨익 만족스러운 표정을 지었다.

"그렇습니까? 그나저나 어디 불편하신 분은 안 계십니까?"

조상기 팀장이 의료진의 표정을 살폈다.

"네네, 저흰 괜찮습니다."

"어우, 전 안 괜찮습니다! 저 먼저 좀 나가도 되겠습니까? 막 구토가 나올 것 같은데……."

그동안, 힘겹게 버티고 있던 마취과 강지혁이 입을 틀어막으며 헛구역질을 했다.

"많이 불편하십니까?"

"우우욱. 네네. 죽을 것 같습니다."

"대원님, 마취과 선생님 먼저 모시고 나가십시오!"

"네, 알겠습니다. 고 대원! 당장 선생님 모시고 밖으로 나가!"

"네, 알겠습니다."

잠시 후.

조심스럽게 환자를 들것에 싣는 조상기 대원과 김윤찬.

"선생님, 정말 멋있습니다!"

조상기 팀장이 김윤찬을 향해 '엄지척'을 했다.

"대원님도 멋지십니다! 좀 전에 한 말씀 명언이었어요! 저 완전 감동 먹었잖아요."

"네?"

"환자는 선생님들이 살리고, 선생님은 우리가 살립니다! 와! 무슨 명언집에 나오는 어록 같잖습니까?"

"하하하, 그렇습니까?"

"네, 아무튼 약속 지켜 주셔서 정말 감사합니다. 대원님도 최고세요!"

김윤찬 역시 조상기를 향해 엄치를 추켜세웠다.

천만다행이었다.

소망병원에 화재가 난 지 3시간 만에 완전 진화가 이뤄졌다.

구조대원들은 병원에 입원 중이던 환자 1백여 명과 직원들 전원을 구조했다.

건물 면적 절반에 해당되는 1,500제곱미터를 태운 제법 큰 화재였음에도 불구하고, 가벼운 부상을 입은 몇몇을 제외하고는 사망자는 단 한 사람도 없었다.

화재를 진압한 후 원인을 조사한 결과, 병원 내 몇몇 환자들이 몰래 고기를 구워 먹다 발생한 누전으로 밝혀졌다.

아무튼, 조상기 팀장을 비롯한 소방대원들의 헌신적인 노력으로 피해를 최소화할 수 있었고, 김윤찬을 비롯한 의료진 역시 생명이 위독했던 환자를 살려 낼 수 있었다.

건물 반을 태워 먹은 화마도 사람을 살리겠다는 그들의 의지 앞에서 힘을 발휘하지 못했다.

선술집.

그렇게 시간이 흘러 몇 주 후, 고함 교수가 윤상국 원장을 위로차 그를 찾아갔다.

"윤 원장, 마음고생이 심했지?"

또르르, 고함 교수가 윤 원장의 잔에 소주를 따라 주었다.

"뭐, 사상자가 없는 것만으로도 천만다행이지."

꿀꺽, 윤상국 원장이 단숨에 소주잔을 비워 버렸다.

"그래그래, 사람 안 다친 것만 해도 하늘이 도운 거지. 그나저나 병원이 저렇게 돼서 어쩌냐?"

"자네 말대로 화재보험을 제법 세게 들어 놨더니 그럭저럭 버틸 만은 해. 올해까진 진료 보긴 글렀고, 보수해서 내년부터 시작해야지."

"거봐! 내 말을 들으면 자다가도 떡이 생긴다니깐? 내 말대로 하길 잘했지?"

고함 교수가 으스대듯 가슴을 쭉 내밀었다.

"그래, 인마! 그나저나 김윤찬이 말인데……."

"그 새끼 왜?"

풉, 고함 교수가 노가리 하나를 들어 초장에 푹 담그더니 입 속에 넣고 우물거렸다.

"아니, 아무것도 아니야."

윤상국 원장이 뭔가 말을 하려다 거둬들였다.

"너, 미리 경고하는데, 괜히 윤찬이 그 꼴통 새끼 눈독 들일 생각은 꿈에도 하지 마라, 어! 걔는 내 거야, 알았어?"

고함 교수가 눈을 부라리며 윤상국 원장을 째려봤다.

"하아, 하여간 넌 예나 지금이나 달라진 게 없냐? 뭔 생각하는 게 그렇게 단세포적이야?"

"뭐? 단세포?"

고함 교수가 침을 튀겨 가며 버럭거렸다.

"내가 언제 김윤찬이를 데리고 온다고 했냐? 김윤찬이 네 새끼인 건 삼척동자도 다 알아! 드럽고 치사해서 안 건드려! 오른팔 날아갈 일 있냐?"

크읍, 윤상국 원장이 잔에 술을 따라 단숨에 들이켰다.

"그래? 그러면 왜 말을 하다가 마는 거야? 김윤찬이가 뭐?"

"다름이 아니라, 궁금한 게 있어서 말이야."

또르르, 윤상국 원장이 고함 교수의 잔에 술을 채우며 말했다.

"궁금한 거? 뭔데?"

"김 선생, 사귀는 사람 있냐?"

"사귀는 사람?"

"그래, 너 때문에 내가 데려다 쓰긴 불가능할 것 같고, 지원이 짝으로 그만한 놈도 없을 것 같거든."

"오! 그러고 보니, 우리 이쁜이도 사귀는 사람이 없지? 지원이도 김윤찬이한테 관심이 있다던?"

고함 교수의 눈이 반짝거렸다.

"그래, 그런 것 같더라고. 어릴 때부터 결혼 안 하고 아빠랑 평생 산다고 한 녀석인데, 며칠 전에 내가 슬쩍 운을 떼어 봤더니 싫다는 소리는 안 하더라? 어휴, 자식새끼는 키워 봤자 소용없다더니, 으이그!"

윤상국 원장이 실망스러운 표정을 지었다.

"하하하, 그러니까 무자식이 상팔자라는 거다! 그냥 금이야 옥이야 키워 놓으면 뭐 하니? 나중엔 지 서방, 지 마누라밖에 모르는데?"

"그래그래, 넌 그렇게 혼자 살다 외롭게 늙어 죽어라, 이놈아! 그나저나, 김윤찬이는 사귀는 사람 없냐고?"

또르르, 윤상국 원장이 고함 교수의 잔에 술을 채우며 물었다.

"너, 김윤찬이가 꽤 맘에 드나 보다? 그 어떤 놈도 맘에 들어 했던 적이 없잖아? 네가 이런 말을 할 정도면 보통 맘에 든 게 아니라는 건데?"

"그러게. 김윤찬 그놈은 좀 탐이 나네?"

'이나가 좀 걸리기는 하는데, 이제까지 진전이 없는 걸 보면 인연이 아닌 거겠지?'

"좋아! 우리 지원이라면 윤찬이 그놈 짝으로 손색이 없지! 내가 한번 다리를 놔 봄세."

"그래, 주겠나?"

윤상국 원장의 눈이 반짝거렸다.

"그럼! 우리 지원이만 한 참한 녀석도 드물지. 둘이 엮어서 내 옆에 두고 평생 부려 먹으면 아주 좋겠는걸."

하하하, 고함 교수가 우렁찬 목소리로 크게 웃었다.

"하여간 인간하곤! 아무튼, 자네가 잘 좀 해 봐. 눈치를 보아하니 지원이 녀석도 김 선생을 맘에 두고 있는 모양이야."

"알았어! 그런 의미에서 오늘 술은 자네가 사!"

"뭐냐? 오늘 나 위로주 사 준다고 온 거 아니었냐?"

"인마! 내 금쪽같은 새끼를 데리고 가려면 이 정도는 투자해야 할 것 아니야? 이거 다 마시고 2차도 네가 사!"

"헐, 아, 알았다. 꼭지 돌도록 마시게 해 줄 테니까, 다리나 잘 놔 봐."

"그래그래. 그런 의미에서 한 잔 따라 봐라."

흠흠흠, 고함 교수가 잔을 내밀며 거들먹거렸다.

♥

한상훈 과장실.

그렇게 김윤찬도 모르는 사이에 고함 교수와 윤상국 원장 간의 음모(?)가 시작될 무렵.

한상훈 역시 또 하나의 음모를 꾸미고 있었다.

"앉아!"

한상훈 과장의 호출을 받은 나기만 교수가 그를 찾아갔다.

"네, 과장님!"

"……얼굴이 왜 그렇게 죽상이야?"

어깨를 축 늘어뜨린 채, 기세가 완전히 눌린 모습의 나기만이었다.

　지난번 의료사고로 소송을 진행 중인 나기만.

　상대가 상대인 만큼 일이 잘 풀리지 않는 모양이었다.

간계

"아, 아닙니다, 괜찮습니다."

말은 그렇게 했지만, 광대가 툭 튀어나온 모습이 맘고생이 이만저만이 아닌 모양이었다.

"소송 문제가 만만치 않은가?"

"아, 네. 쫌……."

"그렇군. 김 앤 정의 황 변호사가 나선 소송이니 오죽할까."

"……."

"그렇다고 큰일 할 사람이 이렇게 기가 죽어서 쓰나? 이럴 때일수록 더 힘을 내야지."

한상훈 과장이 다가와 나기만을 위로했다.

"변호사가 말하길 이기기는 힘들 거라고 하더군요. 만약에 제가 소송에서 지면 어떻게 되는 겁니까? 의사 면허는 유지할 수 있는 건가요? 요새 도통 잠을 이루지 못합니다, 과장님!"

나기만 교수가 울먹이며 애원하듯 말했다.

"이 사람, 왜 그렇게 못났나? 우리 병원이 자네 같은 흉부외과 교수를 하나 만드는 데 얼마나 많은 공을 들이는 줄 아나? 병원 법무팀에서도 적극적으로 나서고 있으니 힘을 내!"

"저, 정말입니까?"

"그래그래. 병원 법무팀뿐만 아니라, 나도 지금 백방으로 알아보고 있는 중일세. 조만간 좋은 소식이 있을 거야."

"과장님!"

나기만이 감동이라도 했는지 눈물을 글썽거렸다.

"그래, 하늘이 무너져도 솟아날 구멍이 있다는 말도 있잖나. 나를 믿고 여기까지 왔으면 끝까지 좀 믿어라. 나, 그렇게 만만한 사람 아니야?"

"당연하죠. 제가 과장님을 안 믿고 누굴 믿겠습니까? 이 은혜는 죽어서도 잊지 않겠습니다."

나기만이 한상훈의 양손을 부여잡으며 다짐했다.

"허허허, 이 사람아! 개똥밭에 굴러도 이승이 낫다는 말도 몰라? 그 은혜 죽어서 갚으면 뭐 하나, 살아생전에 갚아야지. 안 그래? 자네, 그만한 능력은 되잖아?"

나기만을 내리깔아 보는 한상훈의 눈빛이 비릿했다.

"네? 그게 무슨 말씀이십니까?"

"음……. 자네, 나를 위해서라면 뭐든 한다고 했지?"

"네! 그렇습니다."

"그러면 내 소박한 소원 하나 들어줄 수 있겠나?"

"물론입니다. 말씀만 하십시오."

지금 나기만은 이것저것 가릴 형편이 못 됐다.

"좋아! 자네가 그렇게 원한다니 말함세. 자네가 사냥 한번 해 줘야 할 것 같아."

한상훈 과장이 턱 주변을 매만지며 고개를 흔들었다.

"사……냥요?"

"멧돼지 사냥을 좀 해야 할 것 같아. 더 늦기 전에!"

"멧돼지라면……."

나기만의 머릿속에 뭔가 떠오르는 인물이 있는 듯싶었다.

"그래, 지금 자네 머릿속에 떠오르는 인물이 맞을 걸세."

한상훈 과장이 나기만과 눈빛을 교환하더니 고개를 끄덕였다.

"네. 제가 뭘, 어떻게 하면 되는 겁니까?"

"자네 혹시, '이주얼쌍산라오후!'란 말을 아나?"

"아, 아뇨, 잘 모르겠습니다."

"예로부터 짱개 놈들이 산에서 사냥을 할 때, 가장 잡기 힘든 동물 순이라더군. 멧돼지가 가장 잡기 어렵고 그다음이 곰, 가장 잡기 쉬운 게 호랑이라고 하네?"

"멧돼지가요?"

"그래, 의외지 않나, 멧돼지가 가장 잡기 힘들다는 게?"

"네, 의외군요."

"멧돼지란 놈이 워낙 저돌적이고 겁이 없는지라 사냥꾼들이 가장 무서워한다더군."

"그렇군요."

"근데 좀 웃긴 게 호랑이가 가장 손쉽게 잡아먹을 수 있는 먹잇감이 멧돼지라고 하더군? 아이러니하지 않나? 가장 사나운 놈이 가장 손쉬운 사냥감이라는 게."

"네, 그렇군요. 전 지금까지 호랑이의 주 먹잇감이 사슴인 줄 알았습니다."

"그래그래, 사슴도 군침 도는 먹잇감이긴 하지. 하지만 사슴은 생각보다 쉬운 놈이 아니야. 호랑이 입장에선 오히려 멧돼지가 손쉬운 사냥감이지. 왜 그런 줄 아나?"

"아뇨, 잘 모르겠습니다."

"후후, 멧돼지의 습성 때문이지. 이 멍청한 멧돼지 놈들은 대장을 맨 앞에 세워 두고 줄줄이 이동하는 습성이 있어."

"……."

"호랑이는 아무런 노력 없이 이 멧돼지 무리를 졸졸 쫓아다니면서 곶감 빼 먹듯이 맨 뒤에 있는 놈을 낚아채 가면 그만이거든. 그래도 이 멍청한 멧돼지 대장 놈은 몰라. 자기 새끼가 호랑이한테 물려 갔는지. 꼭 누구처럼 말이야!"

한상훈 과장이 입가에 비열한 미소를 머금었다.

"네, 계속 말씀하시죠."

"그런 다음에 또 한 놈, 그리고 또 한 놈! 그러다 보면 대장 놈 말고는 남는 식구가 없게 되어 버리거든. 아뿔싸! 싶어서 나중에 뒤돌아보면 자기 식구들이 아무도 남아 있지 않는 거지. 지금 내가 무슨 말을 하려는지 알겠나?"

"……."

한상훈 과장이 날카롭게 나기만을 응시하자 그가 알겠다는 듯이 고개를 끄덕였다.

"멧돼지 대장 놈이랑 일대일로 맞서면 호랑이라도 결코 만만치가 않아. 바로 이렇게 뒤에서 야금야금 갉아먹자는 거야."

"……그렇다면 김윤찬 선생을 말씀하시는 겁니까?"

"아니, 김윤찬이는 좀 더 두고 보자고! 내가 아직 그 인간한테 미련이 좀 남아 있기도 해서 말이야. 아무튼 그놈은 좀 더 지켜보자고."

한상훈 과장이 천천히 고개를 내저었다.

"그래도 김윤찬이를 그냥 둬서는 위험할 텐데요?"

"그러니까 이기석을 건드려 보자는 거야. 일단 멧돼지 식구들 허리부터 잘라 놔야 할 것 같단 말이지."

"어떻게 말입니까?"

"고함 그 인간은 별걱정이 안 되는데, 이기석이가 문제야. 어울리지 않게 멧돼지 무리 속에 여우가 들어앉아 있어서 여간 신경이 쓰이는 게 아니거든. 그 인간이 있는 한 돼지 새끼들을 뒤에서 낚아채기도 여간 어려운 게 아니야."

"……."

"그 인간만 없으면 이것들, 죄다 오합지졸이거든! 김윤찬이도 끈 떨어진 연 신세지. 그렇게 되면 지가 어떡하겠어? 죽거나 나한테 와서 매달리거나 둘 중 하나지!"

"결국, 이기석 교수를 쳐 내실 생각입니까?"

"그 인간이 쳐 낸다고 쳐 내지나? 그 인간 아버지가 어떤 사람인지 자네가 몰라서 그런 말을 하는가 보군."

"이기석 교수 아버님이 그렇게 대단하신 분입니까?"

"그런 것까지 알 필요는 없고……. 아무튼 그렇다는 거야."

"네, 알겠습니다. 그러면 어떻게 하실 작정이십니까?"

"뭘 어떻게 해? 스스로 물러나게 해야지."

톡톡톡, 한상훈 과장이 손톱으로 책상을 또각거렸다.

"스스로 물러나게 한다는 게 어떤?"

"그 인간한테 치명적인 약점이 하나 있어. 그걸 이용하면 될 거야."

"치명적인 약점요? 그게 뭡니까?"

"자존심! 그 인간, 그거 빼면 시체야."

후후후, 한상훈 교수가 하늘을 올려다보며 의미심장한 미소를 띠었다.

💓

며칠 후, 고함 교수실.

고함 교수가 이기석 교수를 자신의 연구실로 불렀다.

"이봐, 이기석 교수! 이제 슬슬 윤찬이도 제대로 메스 좀 들게 해야 하지 않겠어?"

"동감입니다. 그렇지 않아도 이제 슬슬 집도의 자리를 내줘 볼까 했습니다."

"오! 자네도 그런 생각을 하고 있었군? AVR(대동맥판막 치환술)이나 승모판막 성형술 등등은 충분히 해내지 않겠나? 윤찬이 정도 실력이면 말이야."

"후후후, 교수님! 그 정도면 제가 이렇게 나서지도 않을 것 같군요. 김윤찬 선생은 지금 당장 체폐단락 수술이나 엘바드 삽입술, 심내막염 수술을 맡겨도 거뜬할 겁니다."

"뭐야? 앤도카다이티스(심내막염)까지?"

"그렇습니다. 제가 보는 관점에선 이제 김윤찬 선생한테 뭘 맡겨도 크게 무리가 되지 않는다고 봅니다."

"음, 자네 입에서 그런 말이 나올 줄은 꿈에도 몰랐는걸. 다른 사람 칭찬에 그렇게 인색하면서 김윤찬이한테는 왜 이렇게 관대한 거야?"

고함 교수가 의외라는 듯이 고개를 갸웃거렸다.

"관대하다뇨? 관대라는 건 마음이 넓고 크다는 뜻이잖습니까? 그 말은 다시 말하면 모자라지만 너그럽게 품어 준다는 뜻이기도 하죠."

"그럼 아닌가?"

"저 그렇게 관대한 사람 아닙니다? 그저 팩트를 말하는 겁니다. 그냥 있는 그대로 김윤찬을 바라봤을 뿐이에요. 지금 김윤찬의 실력을 냉정한 시각으로 말이죠."

"후후후, 김윤찬이가 그 정도인 줄은 나도 몰랐는걸."

"네, 저도 이토록 빨리 성장할 줄은 꿈에도 몰랐습니다. 아주 놀라울 정도로……."

흐음, 이기석 교수가 고개를 끄덕이며 한숨을 내쉬었다.

"그래, 자네 말대로 재능 있는 녀석이야. 심성도 바른 놈이고. 하지만 그럴수록 자네나 나나 조심해야 해. 모난 돌이 정 맞는다는 소리가 있음을 명심하도록 해. 괜히 우리가 편애한다는 분위기가 조성되면 윤찬이한테도 좋지 않아."

"아뇨, 전 교수님과는 생각이 좀 다릅니다."

"생각이 다르다? 어떻게 다르다는 거지?"

고함 교수가 눈매를 좁히며 물었다.

"돌이 정도 맞고 망치도 맞고 해야 다듬어지는 것 아닙니까? 실력이 있으면 그만큼 대우를 받는 것이고, 그렇게 대우를 받은 만큼 실력으로 이를 입증하면 되는 겁니다!"

"그건 그렇지만 한국 사회의 특수성이라는 게 있는 거야. 오죽하면 사촌이 땅이 사면 내 배가 아프다는 말이 있겠나? 적당한 선에서……."

"어이가 없군요. 의학이라는 게 적당히 타협할 수 있는 겁니까? 사람 목숨이 타협할 수 있는 건 아니잖아요? 실력이 있으면 살아남는 것이고, 없으면 도태되는 것이 이 세상의 이치입니다. 전, 실력만큼 대우할 거예요. 실력대로 대우해 주는 것! 이게 정의고 공정입니다."

"아, 알았어. 자네 맘대로 해. 내가 자네 고집을 어떻게 꺾어? 그냥 꼴리는 대로 하라고!"

'고집불통이야, 고집불통! 어떻게 나보다 한술 더 떠?'

고함 교수가 답답하다는 듯이 뒷머리를 긁적거렸다.

"아무튼, 혹시나 김윤찬 선생을 음해하려는 인간들이 있으면, 저 곧바로 김윤찬 선생 데리고 미국으로 들어갈 겁니다. 그런 줄 아십시오."

"헐! 뭐야, 뜬금없이?"

"뜬금없지 않습니다. 예전부터 심각하게 생각하고 있었던 문제입니다. 어차피 전 조만간 미국으로 들어갈 거고, 김윤찬 선생 같은 실력 있는 써전이 대한민국에서 제대로 된 대우를 받지 못한다면 그럴 수밖에요."

이기석 교수가 단호한 어조로 말을 꾹꾹 눌러 담았다.

"미국이라……. 좋지! 허허허, 그러고 보니 윤찬이 그놈이 인복 하나는 타고났구먼. 하지만 내가 있는 한 그런 일은 없을 테니 쓸데없는 걱정은 하지 마. 그녀석은 내가 끝까지 품을 테니까."

"솔직히 교수님 때문에 더 걱정입니다."

"뭐, 뭐라고?"

고함 교수가 발끈하며 말을 더듬었다.

"교수님의 실력이야 저 역시 인정하는 바이지만, 너무 감정적으로 일을 처리하시는 것 같아 위태위태할 때가 너무 많습니다. 솔직히……."

"하아……. 꼭 그렇게 아픈 데를 찔러야 하나? 하여간, 이상해. 다른 사람은 모르겠는데, 자네한테 한 대 얻어맞으면 대미지가 있다니깐?"

"그러니까 조금만 성질 좀 죽이십시오. 한상훈 과장, 생각보다 그렇게 만만치는 않아요."

"재수 없게 그 인간 이름은 왜 들먹여? 그 인간 별거 아니야! 걱정 안 해도 돼."

"교수님이 이래서 제가 맘 편하게 미국으로 못 가는 겁니다. 한상훈 과장! 상대를 이길 수 없다면, 자폭이라도 해서 같이 죽을 인간입니다. 자폭 개미처럼 말이죠."

"자폭 개미? 그런 게 있어?"

"네, 자기가 싸우기 버겁다고 생각되면 배를 강하게 수축

해 터뜨려 자살하는 개미가 있어요."

"헐, 그런 게 있나?"

"네. 아무튼, 절대로 간과하지 마십시오."

"아, 알았어. 밥맛 떨어지게 한상훈이 얘기는 그만하고! 자네, 지금 퇴근길이지?"

"네, 그렇습니다."

"잘됐네. 그러면 나랑 오늘 한잔하겠나?"

고함 교수가 소주잔을 꺾는 시늉을 했다.

"아뇨. 오늘은 약속이 있어서 힘들 것 같습니다."

"약속? 누구?"

"자폭 개미요. 김윤찬 선생과 관련해서 흉부외과 발전 방향에 대해 상의할 게 있다고 하더군요. 뭐, 쓸데없는 소리긴 하겠지만."

이기석 교수가 자리에서 일어나 옷매무새를 다듬었다.

"뭐라고? 자네가 한 과장을 왜 만나?"

그러자 고함 교수가 발끈하며 나섰다.

"교수님은 이런 점이 항상 문제십니다. 싫든 좋든 현재 우리 흉부외과의 수장은 한상훈 교수입니다. 이유를 막론하고 그가 과장이라면 과장으로서 대우를 해 줘야 하는 것 아닙니까? 우리 과와 연관이 있는 일이라면 말도 섞어야 하는 거고, 때론 밥을 먹어야 할 때도 있는 겁니다!"

"과장이 과장다워야 대우를 해 주지."

고함 교수가 인상을 구기며 말했다.

"말씀 잘하셨습니다! 그렇다면, 애초에 그 자리에 앉질 못하게 못을 박아 두든가요!"

"……."

"이제 와서 이러시면 어떻게 합니까? 그래서 제가 어떻게든 한상훈 교수가 과장 자리에 앉는 건 막아야 한다고 하지 않았습니까? 저는 교수님의 그 점이 정말 이해가 되지 않습니다!"

"하여간, 사람 말문 막는 데는 선수야, 선수! 그래, 내가 잘못했어, 잘못한 거 맞다고!"

고함 교수가 민망한 듯 눈을 흘겼다.

"네, 저도 충분히 이해는 합니다. 혹시나 김윤찬 선생한테 불똥이 튈까 봐 그러셨다는 걸요. 하지만…… 아, 아닙니다. 너무 걱정하지 마십시오. 별거 없을 겁니다."

고함 교수가 민망해하자 이기석 교수가 목소리 톤을 낮췄다.

"그나저나 별거 없다면서 저녁에 왜 만나? 김윤찬에 관한 거라면 근무시간에 해도 되잖아?"

"헐, 지금 질투하시는 겁니까?"

"뭐, 뭐라고? 질투?"

"네, 혹시 저 좋아하시는 거면 사양합니다?"

"아, 아니, 무슨 그런 망발을??"

고함 교수가 어이없다는 듯이 말을 더듬거렸다.

"아니면 됐습니다. 그러니까 제가 한상훈 과장을 저녁에 만나든 근무시간에 만나든 무슨 상관입니까?"

"그거야 뭐……. 아, 알았어! 술 너무 많이 마시지 말고 일찍 들어가기나 해."

고함 교수가 팽 토라져 얼굴을 돌렸다.

"후후후, 네. 너무 걱정마십시오. 특별한 건 없을 겁니다. 그렇지 않아도 김윤찬 선생의 거취 문제로 한 과장하고 담판을 지어야 할 것도 있고 해서 겸사겸사 보려고 했어요."

"담판? 무슨 담판?"

"수술 스케줄이 너무 나기만 교수나 한 과장 쪽 라인 타고 있는 펠로우들한테 쏠려서요. 이번 기회에 김윤찬 선생이나 이택진 선생에게도 기회를 좀 주라고 할 참이었습니다."

"그래, 그거 잘 생각했네. 윤찬이도 윤찬이지만, 택진이가 문제야. 녀석이 너무 임상 경험이 없어서 걱정이었거든. 그렇지 않아도 내가 나서려고 했……."

"그래서 제가 오늘 교수님을 찾아온 겁니다. 당분간 두 사람은 제가 맡아서 잘 지도할 테니까, 교수님은 한발 물러나 계세요. 교수님 움직이실 때마다 아주 위태위태해 죽겠어요!"

"뭐야? 내가 무슨 시한폭탄이라도 돼?"

"암요, 언제 터질지 모르는 시한폭탄이죠. 그러니까 좀만

자중하고 계십시오.”

“아, 알았어. 그냥 재봉틀로 입 꿰매고 있으면 되는 거지?”

“후후후, 네.”

불같은 성정을 지녔음에도 언제나 이기석 교수의 말이라면 고분고분한 고함 교수.

지금 곁에서 가장 충실하게 자신을 지켜 줄, 믿을 만한 구석은 그뿐이라는 걸 모를 리 없는 고함 교수였다.

또한, 그런 고함 교수의 신뢰를 모를 리 없는 이기석 교수였다.

♥

서울 외곽의 한정식집.

한상훈 교수가 이기석 교수와 함께 찾은 곳은 북악산 기슭에 자리 잡은 운정이라는 이름의 고급 요정이었다.

“과장님, 여긴 밥 먹는 곳이 아닌 것 같군요. 전 이만 일어나도록 하겠습니다. 김윤찬 선생 얘기는 병원에서 하시죠.”

이기석 교수가 분위기를 살피더니 미련 없이 자리에서 일어났다.

“아니, 아니! 이 사람아! 여기 이상한 데 아니야. 그냥 똑같이 밥 먹는 곳이라니까? 내가 그동안, 이 교수랑 서먹서먹

했던 것도 있고 해서 간만에 큰맘 먹고 만든 자릴세. 그런데 자네가 이렇게 나오면 내 꼴이 너무 우습잖아? 그러니까 그러지 말고 앉아."

"아뇨, 아무리 봐도 이곳은 단순히 밥 먹는 곳이 아닌 것 같군요. 일어나겠습니다. 그럼 이만!"

"어허! 이 교수! 이렇게 면전에 두고 면박을 주면 어떻게 하나?"

"그러면 지금 당장 다른 곳으로 장소를 옮기시죠?"

"이미 주문을 넣어 둔 상황인데, 어떻게 자리를 옮기나? 그러지 말고 앉아서 내 말을 좀 들어 봐."

한상훈 과장이 일어서려는 이기석 교수의 옷소매를 잡아당겼다.

"이런 곳에선 더 들을 얘기가 없습니다. 죄송합니다. 먼저 일어나겠습니다."

"아니, 나도 명색이 흉부외과 과장이야! 난들 우리 흉부외과 발전에 이바지하고 싶은 맘이 없겠나? 오늘 자네랑 허심탄회하게 우리 과 발전을 위해서 대화 좀 나누려고 하는 내 맘을 왜 몰라?"

"우리 과 발전 방향 회의라면 병원에서 해도 충분하지 않겠습니까?"

"아니, 그거도 그거지만, 결국 과 발전은 인재에서 나오는 것이 아닌가? 그래서 말인데, 내가 김윤찬 선생에 대해서 할 말이 많아."

결국, 한상훈 과장이 김윤찬이라는 비장의 카드를 꺼내 들었다.

"김윤찬 선생요?"

김윤찬이란 말에 이기석 교수가 조금은 관심을 보이는 듯했다.

"그래. 자네가 김윤찬 선생을 끔찍이 아낀다는 거 다 알아. 나도 자네 못지않게 김윤찬 선생의 실력을 높이 평가하고 있다는 말이야."

"그래서요?"

김윤찬이란 말에 이기석 교수가 자리에 앉았다.

"성적도 우수하고 실력도 있는 친군데, 타 학교 출신이라 이래저래 손해 보는 게 많잖아? 이참에 그 문제를 자네랑 허심탄회하게 얘기하려는데, 그렇게 버럭거리면 어떡하나?"

"과장님이 김윤찬 선생을 그렇게 생각하는 줄은 미처 몰랐군요."

이기석 교수가 냉소적인 시선을 흘뿌렸다.

"음······. 그래그래, 자네가 나한테 별로 안 좋은 감정을 가지고 있다는 건 잘 알아. 하지만, 자네도 알다시피 나기만 교수는 소송에 얽혀 있고, 이택진이는 실력이 안 되잖나?"

"······."

"그렇게 되면 우리 과에 남은 게 누구야? 김윤찬 선생뿐이잖나. 좋든 싫든 간에 김윤찬이 하나뿐인데 낸들 어떡하겠나? 내키지 않더라도 품을 건 품어야지. 나기만 교수가 김윤찬이 반의반만 따라가도 나도 이렇게 내키지 않는 짓은 안 할걸세."

쿵, 한상훈 과장이 못마땅한 듯 인상을 구겼다.

한상훈 과장이 김윤찬을 눈엣가시로 생각하고 있다는 걸 누구보다 더 잘 알고 있는 이기석 교수.

하지만 김윤찬을 키우려면 흉부외과 전권을 쥐고 있는 한상훈 과장과 매번 각을 세울 수는 없었다.

게다가 한상훈이 토로한 고충이 흉부외과의 현실이기도 했기에 마냥 그의 말을 무시할 순 없었다.

따라서, 거짓말이든 아니든 한상훈 과장의 의도를 파악해야 할 필요가 있었다.

"좋습니다. 대신 오늘 먹는 음식값의 절반은 제가 내도록 하겠습니다."

"정말 우리 사이에 그렇게까지 해야겠나?"

"우리 사이가 어떤 사이입니까?"

"아니, 너무한 거 아닌가? 우리가 형, 동생 한 지도 수십 년째인데 말이야."

"안 된다면 그만 일어나 보겠습니다."

"그, 그래…… . 아, 알았네. 그건 나중에 생각하기로 하고, 일단 앉아. 곧 음식 들어올 것 같으니까."

"대답하십시오. 제가 먹은 건 제가 내겠습니다."

"알았대두. 사람 참……."

상다리가 휘어질 것같이 각종 고급진 음식이 가득 차려진 상이 나왔다.

"이 교수! 어서 들어. 우리 밥부터 먹으면서 차근차근 대화를 나눠 보자고. 한잔해."

또르르, 한상훈 과장이 이기석 교수 앞에 놓인 잔에 술을 채웠다.

"내일 수술 스케줄이 잡혀 있어서 술은 사양하겠습니다."

수술도 수술이지만 술을 마셔 자세가 흐트러지길 원치 않는 이기석 교수였다.

"허허, 그래도 받는 시늉이라도 하면 안 되나? 내 성의를 봐서 말이야."

반면에 어떻게든 술을 먹게 하려는 한상훈 과장이었다.

"네, 그럼 잔만 받겠습니다."

"하여간 뻣뻣하긴! 어쩌면 미국에 계신 회장님이랑 이렇게 똑같아??"

꿀꺽, 빈정이 상한 듯 한상훈 교수가 잔을 채워 단숨에 마셔 버렸다.

"쓸데없는 말씀은 그만하시고 본론으로 들어가시죠. 김윤찬 선생에 관해서 저한테 하실 말이 뭡니까?"

"이봐, 우리 밥 좀 먹자고! 나 오늘 하루 쫑일 먹은 게 없다고! 배고파 죽겠으니까, 일단 먹고 얘기하자니깐? 이 좋은 음식 앞에서 이러는 것도 실례야, 실례!"

그렇게 한상훈 과장이 변죽만 울리며 미꾸라지처럼 빠져나갔다.

잠시 후.

"아이고, 잘 먹었다! 여긴 간장 게장이 천하일품이야, 일품!"

끄윽, 게걸스럽게 음식을 먹어 치운 한상훈 과장이 배를 두드리며 너스레를 떨었다.

"과장님, 지금 뭐 하자는 겁니까?"

먹는 둥 마는 둥 식사 시간 내내 음식에 젓가락 한번 제대로 대지 않은 이기석 교수가 매섭게 한상훈 과장을 노려봤다.

"이 교수! 좋은 음식 먹고 소화되기도 전에 체하겠네."

"하실 말씀 있으시면 빨리하십시오. 저, 이렇게 한가하게 과장님과 노닥거릴 시간 없습니다."

"아, 알았어요, 알았어. 지금부터 우리 과의 발전 방향에 대해 심도 있는 대화를 나누면 되잖아!"

"그러니까 빨리 말씀하십시오."

"알았어! 우리 밥도 먹었으니 차나 한잔 하면서 천천히 대화 나눠 봄세. 여기 곡차를 좀 내와요!"

짝짝, 한상훈이 문에 대고 손바닥을 맞부딪쳤다.

드르륵.

그러자 기다렸다는 듯이 들어오는 여자들과 한 남자.

화려한 한복을 입은 여자들이 고급스러운 안주와 함께 술이 차려진 술상을 들고 안으로 들어왔다.

"너, 넌 우리 이 교수님 옆에 가서 앉아라!"

"네, 과장님!"

"교수님, 저 여원이라고 합니다. 오늘 제가 교수님을 모시겠습니다!"

술상을 내려놓자마자 한상훈이 손짓으로 이기석 교수를 가리켰고, 한 여자가 그의 옆에 앉았다.

"저리 비켜요! 누가 여기 앉으라고 했습니까?"

여원이라는 여자가 이기석 교수의 팔짱을 끼자 그가 버럭 소리를 질렀다.

"호호호, 우리 교수님 정말 잘생기셨다?"

"비키라니까! 과장님! 지금 뭐 하시는 겁니까?"

반사적으로 자리에서 일어나는 이기석 교수. 불쾌한 듯 옷걸이에 걸린 슈트를 챙겨입었다.

"에이, 왜 그래? 우리 차 대표도 왔는데 이러면 어떡해요? 내 체면을 생각해서 좀 앉아요!"

한상훈 과장이 모른 척, 시치미를 떼며 이기석 교수의 앞을 막아섰다.

"네? 누구요?"

"아이고, 제가 인사가 늦었습니다. 전 메디 코어 차규환이라고 합니다!"

"그래서요?"

"주로 병원에 인조혈관을 납품하고 있습니다. 한 과장님한테 말씀 많이 들었습니다. 잘 부탁합니다, 이 교수님!"

"이 손 안 치워?"

악수를 청하는 차규환. 이기석 교수가 손을 뿌리치자 차규환이 억지로 그의 손을 잡았다.

"완전히 미쳤군! 한 과장님, 오늘 저한테 실수하신 겁니다! 비키세요."

"아니, 그렇게 흥분하지 말고 일단 자리에 좀 앉아 봐! 좋은 게 좋은 거라고 굳이 이렇게까지 할 필요는 없잖나?"

"이 손 놔."

"이봐, 이 교수!"

"비키라니까!!"

쾅쾅쾅, 더 이상 참지 못하겠는지 이기석 교수가 버럭 소리를 지르더니 밖으로 뛰쳐나갔다.

"차 대표! 장사하기 싫어? 얼른 따라 나가지 않고 뭐 해? 오늘 이기석 교수 저렇게 그대로 가면 당신도 재미없을 줄 알아?"

한상훈 과장이 턱짓으로 이기석 교수를 가리켰다.

"네. 아, 알겠습니다, 과장님!"

한상훈의 말에 차규환이 서둘러 이기석 교수의 뒤를 쫓아 나갔다.

"자 자, 다들 앉아. 술 식겠어."

여유로운 표정으로 여자들을 향해 손을 내젓는 한상훈 교수.

"네, 과장님."

"그래그래. 네가 한 잔 가득 잔을 좀 채워 보겠나?"

"네, 한 잔 올리겠습니다."

또르르, 여자가 주전자를 들어 한상훈 교수의 잔에 술을 채웠다.

♥

다음 날, 고함 교수 연구실.

"어제 한상훈이가 무슨 말을 지껄인 거야?"

김윤찬의 얘기가 나온 이상, 궁금하지 않을 수 없는 고함 교수였다.

"별거 아닙니다."

이기석 교수가 딱 잘라 말했다.

"뭐야? 잠도 못 잤어? 얼굴이 푸석푸석한 걸 보니까 별거 아닌 눈치가 아닌데? 자세히 좀 말해 봐. 그 여우 같은 놈이 무슨 헛소리를 해 댄 건지."

고함 교수가 궁금한 듯 물었다.

"아뇨, 신경 쓰실 것 없어요."

하지만 이기석 교수가 천천히 고개를 내저었다.

"그래? 뭐, 그렇다면 할 수 없지. 정말 아무 일도 없었던 거지?"

"네에, 그러니까 신경 쓰지 마십시오."

"알았어. 뭐, 무슨 일이 있었다고 해도 자네가 오죽 알아서 잘 처리했겠나. 그나저나 1008호 백윤자 환자 김윤찬이 집도한다고?"

고함 교수가 차트를 넘겨 보며 이기석 교수를 힐끗거렸다.

"네, 내일 오전에 수술 있습니다. 제가 퍼스트로 들어가려고요."

"진짜 그럴 작정인 거야?"

탁, 퍼스트란 말에 고함 교수가 차트를 닫았다.

"네. 김윤찬 선생이 알아서 잘하겠지만, 그래도 제가 옆에 있어 주는 게 낫지 않을까 싶어서요."

"하아, 이거 미국식인가?"

"네?"

"뭐, 한국에선 말도 안 되는 상황이 막 벌어지잖아. 펠로우 수술에 교수가 퍼스트로 들어가? 이게 말이야, 방구야?"

고함 교수가 어이없다는 듯이 고개를 갸웃거렸다.

"그런 뜻이었습니까?"

"그래, 한국에선 있을 수도 없는 일이지. 나도 생소한 광경이니까."

"그럼 뭐, 미국식이라고 해 두죠. 아무튼, 오늘 수술 제가 어시스트할 겁니다. 김윤찬 선생 실력을 눈으로 확인해 보고 싶기도 해서요."

"하여간, 윤찬이 녀석, 존스홉킨스 출신의 세계적인 명의가 차려 주는 상을 다 받아 보다니!"

"교수님, 그만하시죠. 저 고소공포증 있습니다."

"하하하, 내가 너무 비행기를 태웠나? 솔직히 폐 분야만 놓고 본다면 자네가 나보다는 한 수 위인 건 맞지. 그 뭐시기냐, 이 분야 세계 최고가 옥스포드 스탠리고 내가 두 번째쯤 되니까 틀린 말은 아니⋯⋯."

"그만하시죠, 교수님."

"흠흠, 그래. 그만하도록 하지. 아무튼 윤찬이 이놈! 인복하나는 타고났구먼."

"저 없이도 잘할 친구입니다."

"그래그래. 뿌리 깊은 나무 바람에 흔들리지 않는다고 했어. 녀석의 뿌리가 단단해질 때까지 이 교수가 옆에서 잘 좀돌봐 줘요!"

"네, 최선을 다하겠습니다."

고함 교수가 흐뭇한 표정으로 이기석 교수를 바라봤다.

이기석 교수 연구실.

내일 집도할 수술을 협의하기 위해 이기석 교수가 자신의 연구실로 나를 호출했다.

똑똑똑.

"교수님, 김윤찬입니다."

"어서 와요. 앉아요."

"네."

"차 한잔 할래요? 지금 막 커피 내리고 있었는데."

"넵! 주시면 감사히 마시겠습니다."

"그래요. 잠시만 기다리세요."

잠시 후.

"그러면 허리 안 아파요?"

머그 컵에 커피를 담아 내오는 이기석 교수.

내가 허리를 곧추세운 채, 정 자세를 취하자 이기석 교수가 턱짓으로 날 가리켰다.

"네?"

"자세가 불편해 보여서요. 편하게 앉아도 됩니다. 자, 마셔요."

"네! 감사히 잘 마시겠습니다."

"편하게 해도 된다니까요? 여기 군대 아니에요."

후릅, 이기석 교수가 커피를 한 모금 베어 물며 말했다.

"음……. 교수님이 먼저 절 편하게 대해 주시면 저도 자세를 좀 풀겠습니다."

"네? 제가 불편한가요?"

"네, 지금까지 저한테 단 한 번도 말을 놓으신 적이 없으시잖아요. 고함 교수님처럼은 아니더라도 말을 편하게 해 주셨으면 좋겠습니다."

"그러면 고 교수님처럼 시도 때도 없이 욕이라도 막 할까요?"

"아, 아니, 그런 뜻은 아니고, 그게…… 시간이 좀 많이 흘렀는데도 존대를 하시니까……."

"후후후, 그런가요? 난 이 정도가 가장 편하게 대한 거라고 생각했는데……."

하긴 그렇다.

다른 전공의들이나 펠로우들에겐 흔한 눈길조차 허락하지 않는 사람이 이기석 교수였다.

지금 생각해 보니 그와 말을 섞어 본 펠로우도 나나 택진이 외에는 거의 없는 듯했다.

그의 입장에선 지금의 태도가 내게 보인 최고의 호감이었으리라.

"아, 네. 저도 그렇게 생각하긴 하지만, 그래도 말을 편하게 해 주시면 제가 좀 더 교수님한테 가까이 가지 않을까, 싶네요."

"미안해요. 내가 사람 대하는 게 좀 서툰 사람입니다. 내가 원래 낯을 좀 많이 가려요."

"아, 네."

"김 선생, 내 말투는 원래 좀 그러니, 그건 오해 말아요. 난, 김윤찬 선생을 매우 좋아한답니다. 표현이 좀 서툴러서 그렇지."

암, 암! 이 정도 애정 표현이면 이기석 교수는 최선을 다했다.

"네, 교수님!"

"그러면 내일 수술 브리핑 먼저 해 볼까요?"

"아, 그 전에 교수님!"

"네?"

"혹시 어제 무슨 안 좋은 일이 있으셨습니까? 얼굴이 어두워 보이시는데?"

"고 교수님도 그러시더니, 김 선생도 그런 말을 하네요? 제가 좀 안되어 보입니까?"

이기석 교수가 자신의 얼굴을 만지작거리며 갸웃거렸다.

"아뇨, 안되어 보인다기보단……. 아무튼 뭔가 언짢아 보이시는 것도 같고, 화가 좀 나신 것 같기도 하고 그런 느낌이에요."

"하하하, 네, 화 좀 났습니다. 이번 수술 단일 포트 흉강경으로 하자면서요? 맞습니다. 김윤찬 선생이 절 상당히 당혹스럽게 만들었거든요."

"아…… . 죄송합니다. 교수님이 생각하시기에 단일 포트는 좀 어려울 것 같습니까? 그렇다면 수술 방향을 바꾸는게…… ."

단일 포트 흉강경이란 수술할 부위에 구멍을 하나만 뚫어 흉강경으로 수술을 진행하는 것을 의미했다.

"아뇨! 그 반대예요. 난 왜 그런 생각을 하지 못했지 싶었거든요. 비록 흉강경 수술이라 할지라도 구멍을 여러 게 뚫게 되면 그만큼 후유증이 심할 수 있거든요. 게다가 백윤자 환자처럼 난포, 선종성 폐 기형 환자의 경우에는 더욱더 그렇죠."

일반적인 폐암과 달리 백윤자 환자의 폐는 기형이었고, 지속적으로 염증이 생겨 흉강 내 유착이 다른 질병보다 심한 상태였다. 이런 경우 보통은 가슴 주변에 여러 개의 구멍을 뚫는 다중 포트 흉강경 수술을 하는 것이 일반적이었다.

"네, 그렇기는 하지만 생각보다 유착 부위가 적고 백윤자 환자의 몸 상태를 고려했을 때, 흉강경이라도 3센티 정도의 수술창과 세 개 정도의 추가 수술창을 내는 건 무리가 있다고 판단했습니다. 그렇다 보니, 단일 포트 흉강경이 어떨까 생각해 낸 거고요."

"바로 그런 점이 내가 윤찬 선생을 높이 평가하는 부분이에요. 단일 포트 흉강경은 다 포트 흉강경에 비해서 훨씬 더 까다로워요. 그만큼 수술에 자신이 있다는 거겠죠."

"아, 아닙니다! 교수님이 퍼스트에 서 주신다고 해서 과감하게 용기를 내 본 겁니다."

"후후후, 그러면 결국 나 믿고 막 지른 겁니까? 수술에 자신이 없는데도?"

"아뇨, 그런 건 아닙니다. 잘 해낼 자신도 있긴 합니다."

"거봐요, 내 말이 맞잖습니까?"

"네. 그렇긴 하지만 교수님이 옆에 계셔 주신다니, 솔직히 안심은 됩니다. 그래서 더 용기를 낼 수 있었던 거고요."

"그래요! 전 김 선생의 그런 자신감을 높이 삽니다. 그리고 사실 그보다 더 내가 김윤찬 선생을 높이 사는 이유는 따로 있어요."

후릅, 이기석 교수가 커피를 홀짝이며 입가에 미소를 띠었다.

"네? 그게 무슨 말씀이신지……."

"환자를 먼저 생각하는 그 따뜻한 마음. 그런 따뜻한 마음이 없었으면 단일 포트 흉강경은 생각해 내지 못했을 겁니다. 그래서 제가 더 김윤찬 선생을 높이 평가하는 거고요."

"아, 아닙니다! 그건 그냥 고함 교수님이 평소에 항상 말씀하시던 지론이라 저도 모르게 그냥……."

"그래요, 맞아요. 고함 교수님의 지론이죠. 하지만 그렇다고 해서 그 정신을 그대로 실천하는 펠로우는 별로 없어요. 실력이 갖춰져야 할 수 있는 생각이니까. 물론, 실력을 갖춘 의사라 해도 그렇지 않은 이도 많긴 하지만."

"흠흠, 과찬이십니다."

"과찬인지 아닌지는 제가 알아서 합니다. 그나저나, 윤찬 선생!"

"네? 말씀하십시오."

"혹시 나중에 저와 함께 미국에서 일해 보고 싶은 생각 없어요?"

"네? 미, 미국요?"

"네, 저 어차피 곧 있으면 미국으로 들어가게 될 텐데, 그때 김윤찬 선생이랑 같이 들어갔으면 해서 말이죠."

미국이라……

듣기만 해도 가슴 설레는 일이 아닌가?

"제가 그럴 자격이 될지 모르겠습니다."

"차고도 넘칩니다. 김윤찬 선생만 마음의 결정을 내린다면, 나머지 수속 관련 문제는 제가 알아서 할 수 있을 것 같군요."

"음, 정말 저한테는 분에 넘치고 가슴 벅찬 제안이지만,

사양하겠습니다."

"저번에도 그러더니, 왜죠? 좋은 기회일 텐데?"

"우리 병원에는 고함 교수님이 계시잖습니까?"

"역시, 고함 교수님 때문이군요. 윤찬 선생이 미국으로 가버리면 아무래도 고함 교수님이 너무 외롭겠죠, 이곳에서?"

"아뇨, 그런 뜻이 아니라, 제가 아직 고함 교수님께 배울게 너무 많아서요. 전, 고함 교수님이 우리나라 흉부외과뿐만 아니라 전 세계적으로도 뛰어나신 써전이라고 생각합니다. 아직은 제가 교수님께 배울 게 너무 많이 남았거든요."

"후후후, 제가 우문을 한 것 같군요. 맞아요, 고함 교수님이라면 그게 맞겠네요."

이기석 교수가 조금은 서운한 기색을 내비쳤다.

"죄송합니다."

"아, 아니에요. 그냥 좀 두 사람이 부러워서 그럽니다. 네."

"교수님, 실은 저 지금 교수님이 한 번만 더 제안해 주셨다면 눈 딱 감고 따라가겠다고 말할 뻔했습니다. 솔직히 너무 탐이 나긴 합니다! 게다가 교수님이랑 같이 일한다니, 이런 횡재가 어디 있겠습니까?"

"그런가요? 병 주고 약 주는 겁니까?"

"아뇨, 아뇨. 고함 교수님 못지않게 교수님도 존경하고 정말, 정말 사랑합니다, 교수님!"

"이런 걸 한국 속담으로 누워서 절받기라고 합니까?"

하하하, 호탕하게 웃어 보이지만 어딘지 모르게 찜찜한 기분을 지울 수가 없었다.

"아, 아닙니다. 절대!"

♥

한상훈 과장실.

그리고 며칠 후, 그 찜찜했던 느낌이 현실이 되어 버리고 말았다.

한상훈 과장이 급히 고함 교수를 자신의 집무실로 호출했다.

"뭔데 바쁜 사람을 오라 가라야? 나 오후에 수술 스케줄 잡혀 있는 거 몰라?"

"네, 교수님이야 언제나 바쁘시다는 걸 제가 왜 모르겠습니까?"

"그런데 왜 불러? 과장이라고 유세 떠는 건가? 할 말 있으면 제 발로 찾아올 것이지."

고함 교수가 불편한 기색을 숨기지 않았다.

"네, 죄송합니다. 워낙 사안이 다급한지라 제가 거기까지 생각을 못 했습니다. 죄송합니다, 교수님!"

"사안이 다급해? 무슨 일인데 똥폼을 잡는 거야?"

고함 교수가 손톱으로 눈 밑을 긁적거리며 빈정거렸다.

"생각보다 일이 복잡하게 돌아갈 것 같습니다, 교수님!"

"병원에서 복잡할 게 뭐가 있어? 의사가 환자 수술만 잘하면 되는 거지."

"일단 이걸 좀 보시고 말씀 나누시죠."

툭, 한상훈 과장이 서류 봉투 하나를 고함 교수 앞에 놓아두었다.

"이게 뭔데?"

"열어 보시면 압니다."

한상훈 과장이 심각한 표정을 지으며 턱짓으로 서류 봉투를 가리켰다.

"뭔데 호들갑을 떨고 난리야?"

그렇게 고함 교수가 한상훈 과장이 내민 서류 봉투를 뜯어 보았다.

"이, 이게 다 뭐야?"

서류 봉투를 열어 확인하는 고함 교수의 눈동자가 부풀어 올랐다.

"교수님이 보시는 그대로입니다."

"뭐라고?? 당신, 지금 무슨 수작을 벌이는 거야?"

서류 봉투 속에 들어 있는 몇 장의 사진.

이기석 교수의 팔짱을 끼고 있는 접대부.

메디 코어 차규환과 악수를 하고 있는 모습.

차규환 대표가 이기석 교수의 차까지 쫓아가 배웅하는 사진 등등이 쏟아져 나왔다.

"수작이라뇨? 익명의 제보자가 보내온 사진입니다. 이 사진들이 조작이라도 됐다는 말씀입니까?"

"당신 지금 뭐 하는 짓이야? 이런 걸로 뭘 어쩌겠다는 거지?"

"제보가 들어왔으면 확인을 해야 하지 않겠습니까? 저 사진 속에 등장하는 메디 코어 차규환 대표란 사람이 누군지 아십니까?"

"내가 이런 사람을 어떻게 알아?"

고함 교수가 짜증스러운 표정을 지으며 들고 있던 사진을 집어 던졌다.

"이번에 심혈관 관련 의료 기구 업체 소싱에 참여한 회사의 대표입니다."

"뭐라고?? 그런데 왜 이기석 교수가 그런 사람을 만나??"

"그러니까요. 저도 왜 이 교수가 이런 사람과 만나 접대를 받았는지 의문이군요?"

"지금 당신 접대라고 했어? 이 교수가 그런 짓을 할 사람으로 보이나?"

"아니죠. 그러니까 더 의문이 생기는군요."

"지금 말이 되는 소리를 지껄여! 이 교수가 뭐가 아쉬워서 그런 장사치를 만나고 돌아다녀?"

"그러게 말입니다. 이기석 교수가 왜 저런 사람을 만났는지, 왜 저런 사람과 어울려 다니는지 확인을 해야 할 것 같습니다. 공식적으로 제보가 들어왔으니, 병원 감사팀에 조사를 의뢰할 생각입니다."

"하든지 말든지 맘대로 해. 내가 장담하는데, 이기석 교수는 저 사람과 아무런 관련이 없어!"

"네. 저도 그러길 간절히 바라고 있습니다. 하지만 만약에라도 이 모든 것이 사실이라면, 흉부외과의 수장으로서 실추된 우리 과의 명예를 위해서……."

"자네 때문에 이미 우리 과는 실추될 명예도 없어! 아무튼 무슨 개수작을 벌이는 건지는 모르겠지만, 이쯤에서 관두는 게 좋을 거야. 내가 가만있지 않을 테니까."

대로한 고함 교수가 자리에서 벌떡 일어났다.

"네, 저도 오해였으면 하는 바람입니다. 이기석 교수가 그럴 리가 없지요."

반면에 여유로운 표정으로 고함 교수를 응대하는 한상훈 교수였다.

"일단 내가 이기석 교수를 만나 볼 테니까, 그 전에 섣불리 움직였다가는 당신 내 손에 죽을 줄 알아! 알았어?"

"네네. 우리 과의 최고 어르신인데 그 정도 시간은 제가 벌어 드려야죠. 다만, 제가 성질이 좀 급한 편이라 시간을 많이 드릴 순 없을 것 같습니다. 송구합니다, 교수님!"

"……."

꿍, 고함 교수가 어금니를 악다물며 자리에서 일어났다.

"교수님, 안녕하십니까?"

그 순간, 나기만 교수가 과장실로 들어오다 고함 교수를 보고 인사했다.

"안녕 못 하면 어쩔 건데?"

"아, 네. 죄송합니다."

"흠, 자네, 소송에 연루되었으면 결과가 나올 때까지 근신하면서 조용히 지내는 게 맞는 거 아닌가? 내 눈에 너무 자주 띄네? 그것도 별로 달갑지 않은 곳에서 말이야?"

나기만 교수를 바라보는 고함 교수의 눈에 경멸스러움이 가득 차 있었다.

"네, 죄송합니다."

"집어치워! 죄송할 짓은 하지 않으면 되는 거야!"

쾅!

고함 교수가 거칠게 문을 닫으며 밖으로 나갔다.

"뭘 그렇게 쳐다봐. 앉아."

나기만의 시선이 문 쪽에 고정되어 있자 한상훈 과장이 손을 흔들었다.

"네, 과장님."

"차규환이 입단속은 확실히 해 둔 거지?"

"네, 그런 건 걱정하지 않으셔도 됩니다. 과장님이 말씀하신 대로 구린 데가 많은 인간이라 고분고분하더군요."

"그래, 그 인간이 함부로 설치고 다니기엔 내가 쥐고 있는 게 너무 많지. 아마 입을 함부로 놀리진 못할 거야."

한상훈 과장이 만족스러운 미소를 입가에 띠었다.

"그나저나 고함 교수님이 화가 많이 나신 것 같은데, 괜찮겠습니까?"

"화나면 어쩔 건데? 이렇게 명백한 증거가 있는데 말이야. 내가 말했지, 멧돼지란 놈이 모든 상황을 파악할 즈음엔 자기 새끼들은 하나도 남아 있지 않을 거라고."

"네, 역시 탁월한 계획입니다. 그런데 과장님, 솔직히 우려가 되는 부분이 하나가 있긴 합니다."

"우려? 무슨 우려?"

"결국엔 이기석 교수가 차규환 대표와 아무런 연관이 없다는 게 밝혀지지 않겠습니까?"

"당연하지. 이기석이가 그렇게 만만한 인간은 아니야. 이런 일로 쉽게 무너질 인간이 아니지, 절대."

"그러면 어떻게 되는 겁니까? 우리 계획은 수포로 돌아가는 거 아닌가요?"

"그러니까 자네는 아직 풋내가 난다고 하는 거야. 내가 말했지? 이기석은 그 알량한 자존심이 제 발목을 잡을 거라고."

한상훈 과장이 입가에 비릿한 미소를 띠었다.

"그게 무슨 말씀입니까?"

나기만이 여전히 이해할 수 없다는 표정을 지었다.

"지금부터 내 말 잘 들어. 이 일로 이기석 교수는 징벌위원회에 회부가 될 거야. 물론, 그 결과는 자명하겠지. 무혐의! 하지만 그 무혐의가 밝혀질 때까지 우리 병원 사람들은 하루가 멀다 하고 이기석 교수를 놓고 입방아를 찧어 댈 걸세. 때론, 진실이 신발 끈을 묶고 있는 동안 거짓은 지구를 한 바퀴 반이나 돌고 있을 수도 있는 거거든."

"아, 네."

"그걸 이기석 교수는 견뎌 내지 못할 거야. 자기가 똥을 싸서 옷이 더러워지든 지나가다 똥물이 튀든, 오물을 뒤집어 쓴 건 마찬가지니까! 이기석 교수가 그 더러워진 옷을 그냥 입고 있을까? 난 아니라고 봐. 그 인간 성정으로 볼 때 그럴 인간이 아니지. 결국, 그 서푼도 비싸다는 자존심이 그의 목숨 줄을 끊어 놓게 될 거야."

한상훈 교수가 눈을 빛내며 나기만을 응시했다.

"아……."

나지막이 탄성을 토해 내는 나기만 교수였다.

"최대한 시간을 오래 끌면 끌수록 좋을 거야. 이기석 교수의 자존심이 긁히면 긁힐수록 더 좋고."

"네, 알겠습니다."

"그러니까 자네는 믿을 만한 사람들을 중심으로 조금씩 말에 살을 붙이도록 해. 조금만 불려 주면 나중엔 알아서 눈덩이처럼 불어나게 될 테니까. 우리나라 사람들, 남 험담하는 거 좋아라 하잖아?"

"네, 명심하겠습니다, 과장님!"

"단, 하나 명심해야 할 게 있어. 절대로 차규환 대표 입에서 쓸데없는 소리 나오지 못하게 해야 해. 내가 약점을 쥐고 있긴 하지만, 그렇다 해도 그 인간, 도통 믿을 수가 없는 사람이거든."

"네, 그렇게 하겠습니다."

"그래그래, 이번 일만 잘 해결되면, 자네 소송 문제도 내가 책임지고 해결해 줄 테니까, 최선을 다해 봐."

하여간 남의 약점을 잡고 쥐고 흔드는 데는 천부적인 자질을 타고난 인간이었다. 한상훈이란 인간은.

"네, 걱정 마십시오. 저 역시 이번 일에 사활을 걸고 있습니다. 절대로 실수 없게 처리하도록 하겠습니다."

후일을 도모할 심적 여유가 없는 나기만 교수. 이것저것 가릴 처지가 되지 못했다.

결국, 한상훈 과장의 마리오네트가 될 수밖에 없는 그의 처지였다.

며칠 후, 고함 교수 연구실.

며칠을 고심하며 이기석 교수의 해명을 기다렸던 고함 교수.

이기석 교수가 묵묵부답하며 아무 말이 없자 더 이상 참지 못한 그가 이기석 교수를 자신의 연구실로 불러들었다.

"교수님, 부르셨습니까?"

"앉아."

"네."

"이거 무슨 상황인지 내가 이해할 수 있게 설명을 좀 해 봐."

고함 교수가 넥타이를 거칠게 풀어 헤치며 자리에 앉았다. 이것저것 재고 할 필요도 없이 직진하는 고함 교수였다.

"뭘 말씀이십니까?"

"지금 그걸 말이라고 하는 거야? 자네 지금 병원 돌아가는 꼴을 알면서도 그래?"

"아, 네."

"아, 네? 하도 답답해서 오늘 내가 자네를 부른 거야. 이런 일이 있었으면 제일 먼저 나를 찾아와서 가타부타 무슨 말을 해야 할 것 아니야? 이렇게 꿩 구워 먹은 자리처럼 손 놓고 있으면 어쩌라고?"

고함 교수가 신경질적으로 뒷머리를 긁적거렸다.

"저는 그 차규환이란 사람과 아무런 관계가 없습니다."

"알아! 그 차규환이란 작자, 알아보니 개양아치더군. 어디서 굴러먹다 이 바닥까지 기어 들어왔는지는 모르겠지만, 병원에 납품한 물건들 족족 불량이라 골칫덩이라고 다들 원성이 자자해. 그런 인간하고 이 교수가 친분이 있을 리가 없잖아?"

"그런데 왜 그렇게 역정을 내시는 겁니까? 그렇게 믿고 계시다면 그걸로 된 것 아닙니까? 결국, 징벌위원회에서 모든 것이 밝혀지겠죠."

이기석 교수가 별 대수롭지 않다는 듯이 반응했다.

"그래그래, 그건 그렇겠지. 하지만 이기석 교수가 이 바닥 생리를 잘 몰라서 그러는데, 일단 이런 이슈가 터지면 결국 손해 보는 건, 바로 당신이야. 제아무리 무고함이 밝혀진다고 해도 그들은 끝까지 자넬 색안경을 끼고 볼 게 틀림없다고."

"……."

"왜 아무 말이 없어? 뭔가 대책을 세워야 할 것 아냐? 그냥 이렇게 넋 놓고 있기만 할 거야?"

"그럼 제가 뭘 해야 합니까? 한상훈 과장하고 그 요정에 간 것도 사실이고, 그곳에서 차규환이란 사람을 만난 것도 사실이잖습니까?"

"답답하네. 그거야 한상훈 과장이 꾸민 짓 아닌가? 적극적으로 해명을 해야 할 것 아닌가?"

"과장님이 말씀하시지 않았습니까? 내 입으로 해명하면 오히려 오해를 살 수 있어요. 뭔가 있구나, 그러니까 저렇게 변명을 하지. 이렇게 생각할 겁니다. 맥도널드 벌레 고기 사건처럼 말입니다."

맥도널드 벌레 고기 사건.

맥도널드가 만든 햄버거에 바퀴벌레가 나오는 사건이 발생했고, 전 미국이 떠들썩해지자 맥도널드 보드진은 온갖 해명을 내놓았지만, 그러면 그럴수록 사람들의 뇌리엔 '벌레 고기 = 맥도널드'라는 것만 각인되었던 사례가 있었다.

"답답한 사람 같으니라고! 그렇다고 이렇게 손 놓고 앉아서 당하겠다고?"

쿵쿵쿵, 고함 교수가 답답하다는 듯이 가슴을 내리쳤다.

쾅, 그 순간 김윤찬이 문을 열고 안으로 들어왔다.

"뭐야?"

"죄송합니다. 급한 사안인 것 같아서 무례하게 연락도 없이 찾아왔습니다."

"그래, 잘 왔어. 자네도 알아야 할 일이니까 앉아."

"네."

김윤찬이 다가와 두 사람과 마주했다.

"자네도 병원 돌아가는 꼴은 이미 알고 있을 테고, 이 일을 어떻게 하면 좋겠나?"

"교수님, 왜 아무런 관계가 없는 김윤찬 선생을 끌어들이는 겁니까? 이 일은 제 일이니 제가 알아서 하겠습니다."

이기석 교수가 질색하며 손을 내저었다.

"교수님! 가족 일에 가족이 나서지 않으면 누가 나섭니까? 저, 교수님과 한 가족 같은 사람 아니었습니까?"

"……지금 그걸 말이라고 합니까? 가족 같은 사람이니까 말하는 거예요. 세상에 자기 자식이 잘못되길 바라는 부모도 있답디까? 김윤찬 선생은 이번 일에 괜히 나서지 말고, 업무에 집중하세요!"

이기석 교수가 단호한 표정으로 김윤찬을 가로막았다.

'교수님! 걱정하지 마십시오. 제게 생각이 있습니다. 똥물이 튀지도 않을 것이며, 그로 인해 교수님의 옷이 더러워질 일도 없을 겁니다! 이 시궁창 같은 사건에 교수님이 휘말릴 이유가 없습니다.'

"교수님들, 이번 일, 제게 맡겨 주십시오."

"자네가? 뭘 어떻게 하겠다는 건가?"

고함 교수가 고개를 갸웃거렸다.

"제게 생각이 있습니다. 원래 쓰레기는 쓰레기로 치우는 법이니까요."

간계 (2)

시간이 좀 빨라졌고 그 대상자가 내가 아닌 이기석 교수일 뿐, 회귀 전과 똑같은 상황이다.

난, 한상훈의 계략에 휘말려 그가 단골이던 요정에 갔고, 지금 이기석 교수가 처한 상황과 똑같은 상황에 놓이게 되었다.

결국, 난 의료 기기 업체의 접대를 받은 부도덕한 사람으로 낙인찍혔다.

이후 이 사건을 계기로 써전으로서의 내 인생은 내리막길을 걸을 수밖에 없었다.

내 인생을 망쳐 버린 단 한 번의 실수!

어찌 이 사건을 내가 잊을 수 있겠는가?

"쓰레기를 쓰레기로 치워?"

"그렇습니다. 한 과장님이 하시던 방법 그대로 돌려주면 되니까요."

"그게 무슨 소리야? 뭘 어떻게 돌려준다는 거지?"

고함 교수가 눈매를 좁혔다.

"아직 말씀드리긴 좀 이릅니다. 좀 더 확실해지면 말씀드리도록 하겠습니다."

"김윤찬 선생! 이건 내 일이에요. 난, 누가 내 일에 간섭하는 걸 극도로 꺼리는 사람입니다. 내가 알아서 처리할 테니까, 김윤찬 선생은 나서지 말아요."

"이건 너무 불공평하잖습니까? 교수님은 시도 때도 없이 제 일에 참견하시면서 저 보고는 가만있으라고요?"

"네, 가만히 있는 게 절 도와주는 겁니다."

"아뇨, 제 이름이 거론된 이상, 이번 일은 결코 저와 무관하지 않습니다!"

"김윤찬 선생, 난 분명 그만두라고……."

"아아! 잠깐만! 이 교수, 좀 전에 김윤찬 선생한테 아비의 마음이라고 하지 않았나? 자식 잘못되는 걸 어떻게 가만히 앉아서 보라고 했던 것 같은데?"

고함 교수가 손을 들어 나와 이기석 교수의 대화에 끼어들었다.

"아, 그건."

"자식이 아비를 위한다는데 누가 뭐라 할 수 있지?"

"그건 경우가 다르지 않습니까? 지금 김윤찬 선생이 할 수 있는 것이 아무것도 없지 않은가요?"

"좋아! 그러면 이 자리에서 확인해 보도록 하지. 김윤찬 선생!"

고함 교수가 근엄한 표정으로 나를 불렀다.

"네, 교수님."

"지금 쓸데없는 객기를 부리는 건가? 그런 거라면 이쯤 해서 그만두는 것이 좋아. 자네 마음은 충분히 알겠으니까."

이실직고하지 않고는 못 배길 고함 교수의 눈빛이었다.

"아뇨, 그렇지 않습니다."

"좋아. 그러면 다시 물어봄세. 자네의 그 자신감은 근거가 있는 건가? 솔직하게 말하는 게 좋아."

"네, 그렇습니다. 나름대로 짚이는 구석이 좀 있습니다. 물론, 확인은 해 봐야겠지만."

"음, 그 말은 한상훈 과장이 데리고 나온 차규환인가 뭐시긴가 하는 인간에 대해서 뭔가 알고 있다는 뜻으로 들리는데, 내 말이 맞나?"

생긴 건 곰 같아도 눈치 하나는 100단인 고함 교수였다.

"네, 정상적으로 사업하는 사람은 아니라는 건 확실히 알고 있습니다."

아니, 솔직히 차규환 그 인간 집에 숟가락, 젓가락이 몇 개인지도 알고 있다. 내 결백을 밝히기 위해 미친 듯이 그 인간을 파내고 파냈으니까.

하지만 이 상황에서는 이 정도 선에서 마무리 지을 수밖에 없었다.

"음……. 됐어. 더 이상은 묻지 않겠네. 이 교수! 난, 김윤찬이를 믿어. 아니지, 솔직히 김윤찬이를 믿지는 못하겠고 나를 믿어."

"네? 그게 무슨 말씀입니까?"

이기석 교수가 물었다.

"내 안목을 믿는다고. 김윤찬이 저 새끼가 괜한 헛소리를 지껄일 인간은 아냐. 내 생각에 이번 일은 저놈아한테 맡겨 보는 게 좋겠어. 만약에 내 감이 틀린다면 내 눈깔을 파내야지 뭐. 저놈, 데리고 온 호구가 나니까."

"하아, 눈깔이 뭡니까?"

이기석 교수의 목소리에 짜증이 묻어 있었다.

"그러면 눈깔을 눈깔이라고 하지, 뭐라고 해? 아무튼 이유 불문하고 김윤찬이한테 맡겨. 이건 내 명령이야."

"……."

이기석 교수가 내키지 않는다는 듯이 입술을 잘근거렸다.

"두 분 교수님들! 걱정 마십시오. 고함 교수님 눈깔 파내실 일도 없을 것이고, 이기석 교수님 몸에 오물이 튈 일도 없을 겁니다. 절 믿어 주십시오."

"야, 이 새끼야! 눈깔이 뭐냐? 무식하게?"

"큭, 그럼 눈깔을 눈깔이라고 하지 뭐라고 합니까?"

"하아, 하여간 저 꼴통 새끼! 저거 저거 미워하려야 미워할 수가 없어!"

껄껄껄, 고함 교수가 검지를 흔들며 박장대소했다.

"도대체 교수님까지 왜 이러십니까? 그러다 괜히 김윤찬 선생만 곤란해질 수 있다는 걸 모르십니까?"

이기석 교수가 못마땅하다는 듯이 인상을 구겼다.

"걱정 마! 저 녀석이 다 무너져 내린 탄광 속에서도 살아나온 놈이거든? 김윤찬이 운발은 누구도 못 당해! 안 그러냐? 윤찬아?"

고함 교수가 나를 보며 한쪽 눈을 찡긋했다.

"물론이죠. 우리 동네 신기 내린 할머니가 한 분 계신데, 저 보고 뒤로 넘어져도 코가 깨질 놈이라고 했어요!"

"뭐? 그 말은 반대 상황에서 하는 소리 아니냐?"

"아니죠. 뒤로 넘어지면 뇌진탕으로 죽어요. 그런데 코가 깨진다니 이 얼마나 행운입니까?"

"하하하, 그래? 그거 말 되네?"

"하여튼, 전 모르겠습니다. 두 분 다 제정신이 아닌 것 같아요! 갑니다."

그 모습에 이기석 교수가 혀를 내두르면서 밖으로 나가 버렸다.

잠시 후,
"ㅎㅎㅎ, 윤찬아! 그래도 이기석 교수가 우리를 믿는 눈치지?"
이기석 교수가 나가자, 고함 교수가 한쪽 입꼬리를 말아 올렸다.
"네, 대충 그런 것 같은데요?"
"흐음, 아무튼 잘할 수 있는 거지?"
"그럼요. 제가 언제 허튼소리 하는 것 봤습니까?"
"그래. 시나리오가 좋으니까, 흥행도 성공하겠지. 아무튼, 너란 놈은 하도 낮도깨비 같아서 갈피를 못 잡겠다. 그런 건 다 어디서 알아 놓은 거냐?"
"교수님, 실은 제가 어릴 때부터 경찰이 꿈이었거든요! 아마 의대를 안 갔으면 경찰대학에 진학했을지도 몰라요! 저 이런 거 원래 잘합니다."

며칠 후, 흉부외과 하늘공원.
본격적인 쓰레기 청소를 하기 전에 난 나기만을 만나 확인해야 할 것이 하나 있었다.

"소송은 잘 진행되고 있습니까?"

"뭐, 그럭저럭!"

믿는 구석이 있는 모양이었다. 며칠 전까지만 해도 얼굴이 초췌하더니 오늘은 제법 생기가 돌았다.

"그렇습니까?"

"왜? 그럭저럭 잘되어 가고 있다니까 불편합니까?"

"그럴 리가요. 법치국가니까 법에 따라 모든 것이 결정되겠죠."

"후후후, 말에 뼈가 있네? 내가 위법한 짓이라도 했다는 것처럼 들리는군?"

나기만이 빈정대는 투로 쏘아붙였다.

"그건 제가 판단한 일은 아닌 것 같군요. 그나저나, 지금 병원에 정체불명의 사진이 돌아다닌다고 하는데, 교수님은 그 사진을 보셨습니까?"

"사진? 무슨 사진?"

나기만 교수가 모른 척 시치미를 뗐다.

"이기석 교수님과 관련된 사진이라고 하던데요?"

"아……. 그런 사진이 병원에 돌고 있습니까? 난, 금시초문인데?"

이미 징벌위원회의 위원들에게까지 배포된 사진을 모를 리가 있겠는가?

하지만 나기만은 끝까지 모른 척했다.

"그러면 이번 사건의 경위가 어떻게 된 건지 모르신다는 건가요?"

"내가 어찌 알아? 나, 지금 소송 문제 때문에 머리통이 터질 지경이거든요? 그런 데 신경 쓸 겨를이 없는 사람이야. 알아?"

나기만 교수가 신경질적으로 반응했다.

"그렇군요. 근데 너무 이상하지 않습니까? 그 자리는 분명 한상훈 과장님이 마련한 자린데, 왜 사진엔 이기석 교수님만 찍혔을까요?"

"그게 무슨 개소리야? 그 자리에 한 과장님이 왜 있어요? 한 과장님이 그런 요정 같은 데 가서 접대받을 사람이야? 그날 나랑 하루 종일 같이 계셨어! 어디서 그따위 유언비어를 퍼뜨려?"

아무것도 모른다면서?

"요정이었습니까? 그곳이?"

"어? 흠흠, 그, 그거야 뭐, 지나가다 얼핏 들은 소리입니다."

"아, 그래요? 누가 그런 말을 하던가요? 저도 좀 찾아가서 사정 한번 들어 보게요. 대체 누구입니까? 그런 말을 하는 사람이?"

"그, 그게. 뭐. 병원 사람들이 쑤군거리는 거 들었다니까?"

나기만이 신경질적으로 손을 내저었다.

"이상하지 않아요? 이기석 교수님, 한국에 오신 이후로 병원하고 집 말고는 어디 다니시는 걸 본 적이 없거든요. 남산이 어디에 붙어 있는지도 모르는 양반이 그 북악산 기슭에 박혀 있는 곳을 어떻게 알아서 찾아가셨을까요?"

"내가 알아? 우리한테는 세상 신사인 척하면서 뒤로 호박씨 까고 있었을지?"

"아, 호박씨? 뭐, 그럴 수도 있겠네요. 교수님, 그러면 저 뭐 하나만 더 여쭐게요."

"아니, 아니. 나 바빠. 지금 자네하고 이렇게 노닥거릴 시간 없다고!"

나기만 교수가 어떻게든 대화를 회피하려 했다.

"아뇨, 너무 궁금해서요. 하나만 더 여쭐게요. 그날 오후에 김희진 환자 수술 왜 나기만 교수님이 하신 겁니까? 간단한 수술이긴 하지만, 그 수술 원래 한상훈 과장님 수술 아닌가요?"

"아아, 그거야 한상훈 과장님이 저녁 약속이 있으셔서……."

나기만 교수가 아차 싶었는지 말을 주워 담으려고 했지만, 이미 때는 늦었다.

"하루 종일 같이 계셨다면서요? 그날 밤, 한 과장님이 외출을 하신 건 맞군요?"

"어? 어어, 그게……. 뭐냐, 심장협회에서 갑자기 좀 보자고 하셔서 나가셨어, 잠시!"

말실수를 직감한 나기만의 얼굴이 붉어졌다.

"아, 그래요? 그러니까 분명히 한상훈 과장님이 병원 밖으로 나가신 건 맞군요? 그쵸?"

"모, 몰라. 아무튼 그게 무슨 상관이야? 이 일하고 한상훈 과장님은 아무런 관련이 없어! 그러니깐 괜한 소리 지껄이고 다니지 말아. 괜히 곤란한 일 생기게 하지 말라고!"

흠흠, 나기만 교수가 헛기침을 하며 상황을 모면하려 했다.

"네, 알겠습니다."

"그래. 더 할 말 없는 걸로 알고 나 내려갈게."

"잠시만요! 교수님!"

나는 내려가려던 나기만 교수의 발걸음을 다급히 멈춰 세웠다.

"또 왜?"

"그날 말이에요. 교수님 당직 아니셨습니까?"

"뭐?"

"제가 알기론 당직이셨던 걸로 아는데, 보니까 6시에 퇴근하셨던데? 집에 무슨 일이 있었나 보죠?"

"어? 어, 그래그래. 갑자기 와이프가 몸이 좀 안 좋다고 해서 반차 쓰고 급히……."

뒷모습에서도 당황한 나기만의 얼굴이 보이는 것 같았다. 그가 가던 발걸음을 멈칫했다.

"아, 아뇨. 그날 하루 종일 한 과장님과 컨퍼런스를 하셨다고 한 말씀이 생각나서요!"

"……."

"그럼 먼저 내려가십시오. 전 마시던 차 마저 마시고 내려가겠습니다!"

"……."

미세하게 흔들리는 손끝.

나기만 교수가 잠시 머뭇거리더니 황급히 하늘정원을 빠져나갔다.

후후후, 그러니까 넌 아직 나한테 안 되는 거야! 증거 자료 하나 확보!

틱, 나기만의 모습이 보이지 않자 난, 녹음기 스톱 버튼을 눌렀다.

♥

그날 밤.

띠띠띠띠.

집으로 돌아온 난, 마동수에게 전화를 걸었다.

"마 부장님, 제가 말씀드린 건 좀 알아보셨습니까?"

-네, 그렇지 않아도 지금 막 전화드리려고 했습니다. 천문식 그 인간, 아주 룸살롱이라면 사족을 못 쓰더만요?

천문식은 차규환 사장이 경영하는 메디 코어의 재무팀장이었다.

"그래요?"

-네. 알고 보니 저 아는 동생이 운영하는 가게의 단골손님이더군요. 동생 놈 얘기를 들어 보니 꽤 진상이라고 하더군요.

"그렇습니까? 혹시 지금도 그곳에 있습니까?"

-물론이죠. 어디서 호구 하나 물어 왔는지, 술판을 벌이고 있다고 연락을 받았습니다. 어떻게, 지금 저랑 같이 가시겠습니까? 제가 집 앞까지 모시러 가겠습니다.

"아, 아니에요. 그 가게 주소만 좀 불러 주십시오. 전 택시 타고 가겠습니다. 그곳에서 만나죠."

-아, 네. 알겠습니다. 그러면 먼저 가서 대기하고 있겠습니다.

"네, 저도 최대한 빨리 가도록 하겠습니다."

자! 그러면 쓰레기 하나 청소하러 가 볼까?

강남의 모 룸살롱.

"선생님, 어서 오십시오."

김윤찬이 도착하자 미리 도착해 기다리고 있던 마동수가 정중히 인사했다.

"네, 천문식 재무팀장은 안에 있습니까?"

"그렇습니다. 지금 한창 술판을 벌이고 있는 것 같더군요. 동생한테 말해서 별실로 옮겨 놨습니다. VIP 고객 특별 서비스라고 하니까 좋아 죽더군요."

"그래요? 일단 안으로 들어가시죠. 아, 제가 부탁한 자료는 준비하셨습니까?"

"물론이죠. 여기 있습니다. 그 인간, 해도 해도 너무한 게 직원들 회식 비용에, 커피 자판기 수익까지 손을 댔더군요?"

"네, 그러고도 남을 인간입니다."

"쓰레기 같은 인간!"

우두둑, 마동수가 짙은 눈썹을 꿈틀거리며 손가락 마디를 눌러 소리를 냈다.

잠시 후, VIP 룸.

"사장님, 즐거운 시간 보내고 계십니까?"

마침내 김윤찬과 마동수가 문을 열고 안으로 들어갔다.

온갖 고급 양주가 널브러져 있는 테이블.

반쯤 눈이 풀린 천문식이 넥타이를 풀어 헤친 채, 접대부들과 함께 술을 마시고 있었다.

"어어! 누구야?"

천문식은 혀가 꼬여 발음이 샐 정도로 술에 잔뜩 취해 있었다.

"마동수라고 합니다."

"그래? 새로운 지배인인가? 처음 보는 얼굴인데?"

딸꾹, 천문식이 딸꾹질을 하며 게슴츠레한 눈으로 마동수를 응시했다.

"아, 네. 오늘 새로 왔습니다. 귀한 분이 오셨다길래 인사 드리러 왔습니다, 사장님!"

"큭큭큭, 그래? 내가 뭘 그렇게 대단한 사람이라고! 앉아, 앉아! 내 술 한잔 받아."

"네, 사장님."

"저 허여멀건 놈은 누구야? 새로운 웨이터인가?"

천문식이 손가락으로 김윤찬을 가리켰다.

"네, 인사드리겠습니다. 김윤찬이라고 합니다."

그러자 김윤찬이 고개를 숙여 인사했다.

"김윤찬? 이름이 뭐 그래? 보통 조영필이나 김찬호 뭐, 그렇게 이름 짓지 않나?"

"뭐, 그냥 부모님이 지어 주신 이름이라서……."

"지랄하고 있네! 개뿔, 부모는 무신? 이런 데서 개, 돼지처럼 빌어먹게 놔두는데 넌, 부모 타령 하고 싶냐? 야, 이거나 받고 꺼져. 너한테는 술 한 잔도 아깝다."

천문식이 지갑에서 5만원 한 장을 꺼내더니 집어 던지듯 테이블 위에 내팽개쳐 놓았다.

"돈은 소중한 겁니다. 이거 하나 만드는 데 얼마나 많은 자원이 들어가는데요? 이렇게 함부로 던지시면 안 되죠?"

김윤찬이 지폐에 묻은 물기를 닦아 내며 천문식을 노려봤다.

"뭐? 뭐라고? 이 새끼가 지금 돌았나? 내가 지금 기분 겁나 좋으니까 이쯤에서 꺼져라? 뒈지기 전에?"

"천문식 씨, 말이 너무 거치시군요?"

"뭐? 뭐라고? 천문식 씨? 네가 지금 간뎅이가 부어서 배 밖으로 튀어나왔구나? 너 이리 와. 너 이 새끼, 오늘 내 손에 죽는다!"

천문식이 비틀거리며 몸을 일으켜 세웠다.

"천문식이 앉아! 경거망동하지 말고!"

그러자 마동수가 추상같은 목소리로 경고했다.

"천문식이? 네가 아주 대가리에 총 맞았구나? 신뺑이라서 내가 누군지 잘 모르나 본데, 잘리고 싶지 않으면 저리 비켜!"

끝끝내 자리를 박차고 나오려는 천문식.

"지금 내가 앉으라고 경고했을 텐데?"

"미친놈! 네까짓 게 뭘 어쩌겠다는 건데? 니덜 오늘 다 죽었……."

짝!

풀썩!

천문식이 마동수의 경고를 무시한 채 나오려 하자, 마동수가 뺨을 후려갈겼다.

"……."

고목나무 쓰러지듯 힘없이 뒤로 넘어간 천문식. 결국 정신을 잃고 말았다.

"사장님! 사장님, 정신 좀 차려 보세요!"

깜짝 놀란 접대부들이 천문식의 몸을 흔들어 댔다.

"아가씨들! 잠시 밖으로 나가 계세요."

"아, 네."

♥

"누, 누구십니까?"

잠시 후, 정신을 차린 천문식이 잔뜩 겁에 질린 표정으로 마동수와 김윤찬을 곁눈질했다.

퉁퉁 부어오른 뺨이 제법 불룩해졌다.

"정신 좀 드쇼? 그러니까 왜 내 말을 안 들어서 이런 험한 꼴을 당하쇼?"

마동수가 물을 한 컵 따라 그에게 내밀었다.

"네에, 감사합니다."

그러자 천문식이 마동수의 눈치를 보며 물컵을 받아 옆에 내려놓았다.

"마시라니까? 정신 좀 차리고 우리 진지한 대화 좀 나누게?"

"아, 네, 알겠습니다. 마시겠습니다."

벌컥벌컥, 천문식이 빛과 같은 속도로 컵을 들어 물을 마셨다.

"이제 정신 좀 드쇼?"

"네네, 이제 괜찮습니다."

"하아, 좀 전에 손찌검한 건 미안하게 됐수다. 메디 코어 재무팀장님 맞으시죠?"

"네, 그렇습니다만."

여전히 상황을 파악하지 못한 그가 주변을 두리번거렸다.

"그래요. 그러면 몇 가지만 물어볼 테니까. 가감 없이, 솔직히만 대답해 주시면 됩니다."

"……혹시, 겨, 경찰입니까?"

"아, 아니. 경찰은 아니고, 그냥 궁금한 게 몇 가지 있어서요?"

"경찰이 아니라고요? 저, 저 경찰을 부르겠소!"

천문식이 주섬주섬 윗옷을 뒤져 핸드폰을 꺼내려 했다.

"경찰? 맘대로 하세요. 그러면 우리야 더 편하지. 이중으로 고생할 필요도 없고. 어서 신고하세요!"

마동수가 솥뚜껑만 한 손바닥을 내보이며 피식거렸다.

"다, 당신들 뭐예……요? 왜, 경찰도 아닌데 나한테 이러는 거야?"

말만 그렇게 했지, 신고할 수 없었다. 본인이 지금 불법을 저지르고 있었으니 말이다.

게다가 이 정도 소란이 일었으면, 가게 주인이나 어깨들이 룸 안으로 들어왔을 것.

하지만 아무 일도 없는 걸로 볼 때, 마동수와 김윤찬에게 뭔가 있다는 건 본능적으로 알아차릴 정도의 눈치는 있는 천문식이었다.

결국, 천문식은 볼멘소리로 읍소할 수밖에 없는 상황이었다.

"그러니까 솔직하게 묻는 말에 답만 하면 된다고 하잖소?"

"……도, 도대체 나한테 뭘 물어보겠다는 거요?"

"네, 그 질문은 제가 하겠습니다."

그동안, 그들을 지켜만 보고 있던 김윤찬이 말문을 열었다.

"무슨?"

"한상훈 과장을 아시죠?"

"한상훈 과장? 그, 그게 누굽니까?"

약삭빠른 천문식이 모른 채 발뺌했다.

"이보세요. 천 팀장님! 제가 거짓말하지 말라고 했습니까, 안 했습니까?"

"아……. 잠깐, 잠깐만요! 그, 한상훈 과장이라면……. 그게 뭐냐, 연희병원 흉부외과 과장을 말하는 겁니까?"

마동수가 웬만한 여성 허리만 한 팔뚝을 들어 올리자, 급하게 실토하는 천문식이었다.

"네, 맞습니다."

"그런데 그 사람은 왜……요?"

"얼마 전에 북악산 기슭에 있는 술집에서 그 사람 본 적 있죠?"

"북악산 기슭요? 거, 거기 무슨 술집이 있었는데요?"

김윤찬의 눈치를 슬쩍 보며 모르쇠로 일관하는 천문식이었다.

이자는 분명히 그곳에 있었다.

그리고 한상훈 과장의 모습이 담긴 사진을 찍었을 것이다.

회귀 전에도 그랬으니까.

그리고 그 사진을 가지고 한상훈 과장과 차규환 대표를 협박했고, 그것으로 사리사욕을 챙겼던 것으로 기억한다.

따라서, 지금도 분명히 천문식은 한상훈이 담긴 사진을 가지고 있을 것이라고 확신하는 김윤찬이었다.

"천문식 씨, 우리 어렵게 가지 맙시다. 당신은 분명 그곳에 있었어요. 이기석 교수뿐만 아니라 한상훈 과장 사진도 가지고 있을 것이라는 게 제 추측입니다. 가지고 계신 사진 저한테 넘겨주십시오."

"아니, 지금 무슨 헛소리를 하는 겁니까? 난 그 술집이 어디 있는지도 모르고, 내가 왜 그런 사진을 가지고 있겠소? 도대체 무슨 말을 하는지 도통⋯⋯."

"천문식 씨 아내 명의로 되어 있는 신종동의 5층짜리 빌딩. 그리고 천문식 씨의 누나 명의로 되어 있는 정현면 인근에 있는 땅! 곧, 그린벨트가 풀린다는 소리가 있던데, 이거 제법 값이 나가겠던데요?"

"⋯⋯뭐, 뭐야, 당신?"

흔들리는 눈동자. 자신의 재산을 들춰내자, 천문식은 당황한 기색을 숨기지 못했다.

"회계장부 조작하고 직원들 복지금 빼돌리고, 건물 매점, 사무용품점 심지어 지인들한테 커피, 음료수 자판기 리베이트 받고 특혜 분양 해 주지 않았나요?"

"다, 당신들 뭘 가지고 날 협박하는 거야? 어디서 무슨 헛소문을 듣고 이러는지 모르겠지만, 난 모르는 일이야!"

천문식이 고개를 절레절레 흔들며 시치미를 뗐다.

"그러니까 신고하시라고! 경찰 입회하에 이 증거 자료 까보일 테니까."

김윤찬이 손에 들고 있던 노란 봉투를 꺼내 보였다.

　"내, 내가 속을 줄 알아? 지금 어디서 야, 약을 파는 거야?"

　"그러면 당신이 직접 까 보시든가."

　툭, 마동수가 서류 봉투를 집어 천문식에게 던져 주었다.

　"내가 지금 이걸 왜 봐야 하는데요? 네?"

　"좋아! 그렇게 못 믿겠다면 경찰 입회하에 한번 까 보지, 뭐."

　"자, 잠깐만요! 보면, 보면 될 것 아닙니까?"

　마동수가 핸드폰을 꺼내려 하자, 천문식이 손바닥을 펼쳐 보였다.

　잠시 후,

　"……이, 이게 다 뭐야?"

　봉투 속에 들어 있는 서류를 살펴보던 천문식의 눈동자가 부풀어 올랐다.

　"왜? 당신이 보기에도 좀 너무했다 싶지?"

　"……이, 이걸로 뭘 어쩌겠다는 겁니까?"

　"그러니까 당신이 가지고 있는 사진을 넘겨주시면 됩니다."

　"그러면 이거랑 바꿔 주겠다는 뜻입니까?"

　천문식이 턱짓으로 서류 뭉치를 가리켰다.

결국 천문식은 김윤찬의 예상대로 그날 북악산 요정에 있었고, 만약을 대비해 한상훈의 사진을 찍어 놨던 것이 확실시되는 순간이었다.

"결국 가지고 있다는 뜻이군요?"

"대답부터 하시죠? 제가 사진을 넘기면 이 자료 저한테 넘겨주겠다는 겁니까?"

산전수전 공중전 다 겪었던 인간답게 천문식이 우리하고 흥정을 하려 했다.

"뭐, 자료야 넘겨드릴 순 있지. 다만, 그 자료를 들고 스스로 자수만 한다면야. 아마 자수만 해도 형량은 반으로 줄어들 수 있을걸. 말만 잘하면 제법 괜찮은 변호사도 붙여 줄 순 있으니까."

마동수가 턱을 매만지며 고개를 까딱거렸다.

"하아, 미쳤습니까? 내가 그런 무모한 짓을 하게? 그렇게는 죽어도 못 하겠소. 이래 죽나 저래 죽나 마찬가진데? 보아하니 그 사진이 절실한가 본데, 그러면 나도 내 생명 줄은 움켜쥐고 있어야지!"

궁지에 몰린 최문식이 이판사판이라는 듯이 배 째기 작전에 돌입했다.

"후후후, 그래? 당신 지금부터 내 말 잘 들어? 이 자료를 들고 직접 경찰서로 가면 5년 내외, 내가 들고 가면 적어도 10년……."

"5년이나 10년이나."

천문식이 콧방귀를 끼었다.

"이봐, 천문식이. 앞으로 한 번만 더 내 말허리 자르면 죽는다? 내 말 아직 안 끝났으니까."

마동수가 눈을 부릅뜨며 천문식에게 다가갔다.

"가, 가까이 오지 마!"

한 발 뒤로 물러서는 천문식.

"잘 들으라고. 세 번째 경우의 수를 아직 말하지 않았으니까."

마동수가 천문식에게 다가가 그 옆에 앉았다.

"뭐, 뭡니까? 요즘이 어떤 세상인데 이런 식으로 겁박을 주는 겁니까? 당신들, 법치국가에서 정말 이래도 되는 거요? 이러면 당신들도 무사할 수······."

천문식이 마동수와 널찍이 떨어져 앉으며 말을 더듬거렸다.

"우리가 그 사진을 못 뺏어서가 아니야. 당신한테 살길을 열어 주려는 아량이지."

"네? 뭐라고요?"

"천문식이, 잘 들어! 기회를 줬을 때 잡는 게 좋을 거야. 세 번째 경우의 수는 바로 이거니까! 아마, 시체는 말이 없다지?"

"지, 지금 날 협박하는 거요?"

"말이 안 되어 보이지? 그러니까 직접 경험해 보시라니까?"

마동수가 해머 같은 주먹을 쥐어 그에게 내보였다.

고함 교수 연구실.

"빌어먹을! 내가 이럴 줄 알았어. 간교한 인간! 결국 이런 양아치 짓을 한 거였군."

천문식으로부터 받은 자료를 확인한 고함 교수가 오만상을 찡그렸다.

"네, 역시 예상했던 대로입니다."

"하아, 꼭 이렇게까지 해서 그 자리를 유지하고 싶은 건가? 의사라는 인간이 이렇게 야비해도 되는 거야? 환자 살리는 데 이렇게 신경을 좀 쓰지. 몹쓸 인간!"

고함 교수가 미간을 좁히며 짜증을 냈다.

"……."

"그나저나 이렇게 빼박 증거도 확보했으면 이제 다 끝난 것 아닌가? 상벌위원회에 가서 전후 사정 스토리 풀어놓으면 다 끝난 거 아냐?"

"아뇨, 꼭 그렇지만은 않습니다."

"그렇지 않다? 그게 무슨 말이야? 내가 볼 땐 이 정도면 충분한 거 같은데?"

"아뇨. 교수님, 이기석 교수님이 가장 중요하게 생각하시는 게 뭡니까?"

"그야 말해 뭐 해? 학보다 고고한 그놈의 자존심이지. 그인간, 자존심 빼면 남는 게 없어."

"네, 맞습니다. 이기석 교수님을 지켜 주는 건 바로 그 자존심입니다. 지금까지 단 한 번도 흐트러짐 없는 생활을 해오신 분이니까요."

"그러니까! 세상에 그렇게 완벽한 사람은 없어. 살다 보면 먼지도 묻고 흙탕물도 튀는 거야. 툭툭 털어 내면 될 걸, 꼭 그렇게 질색할 필요까지 있어? 자기가 잘못한 것도 아닌데. 그거 결벽증이야. 강박이고."

고함 교수가 못마땅한 듯 입술을 지그시 깨물었다.

"그렇다고 지금 이 교수님을 설득하실 순 없잖습니까? 지금까지 그렇게 살아오신 분인데."

"그러니까 내가 답답하다는 것 아닌가? 사람이 좀 둥글둥글해야 찔러나 보지? 내가 무슨 말만 하면 오만 각을 다 세우며 덤벼드니 나 원 참!"

"교수님도 있는 그대로 받아들이시면 됩니다."

"됐고! 징글징글해. 그놈의 자존심!"

"이 일로 이기석 교수님은 자존심에 커다란 상처를 입으셨을 겁니다."

"그래도 이건 좀 다르지 않아? 이 교수가 결백하다는 게 명명백백하게 밝혀졌잖아?"

"네, 그렇기는 하죠. 하지만 몸에 오물이 튄 건 어쩔 수 없는 일 아닙니까? 당신이 이렇게 구설수에 휘말리게 된 것 그 자체가 이기석 교수님 입장에서는 견딜 수 없는 부분일 겁니다."

"음, 그렇긴 하지. 답답하네, 답답해!"

고함 교수가 신경질적으로 뒷머리를 긁적거렸다.

"결국 한상훈 과장님은 이 점을 노렸던 겁니다. 한 과장님 역시 이 일로 뭘 해 보려는 의도는 분명 아니었을 테니까요. 상벌위원회에서 구체적으로 조사가 들어간다 해도 아무런 혐의점을 찾을 수 없을 테니까요."

"그렇군."

고함 교수가 고개를 끄덕이며 동의를 표했다.

"게다가 이 정도 증거 자료 가지고는 부족해요. 한 과장님 입장에선 빠져나갈 구멍은 여전히 남아 있거든요."

"음, 결국 상벌위에서 조사를 하는 동안, 이기석 교수의 이미지만 실추된다, 이건가?"

"그렇습니다. 결국 이기더라도 찝찝함은 남는 싸움이 될 겁니다."

"그렇다면 상벌위원회 소명은 별 의미가 없다는 뜻으로 들리는데, 맞나?"

고함 교수가 눈매를 좁히며 물었다.

"네, 그렇습니다."

"그렇다면 어떻게 해야 한다는 건가?"

"뭘 어떻게 하겠습니까? 상벌위원회에서 소명할 필요가 없도록 만들면 되는 거죠."

"상벌위원회에서 소명을 안 해?"

"네, 그렇습니다."

"어떻게?"

고함 교수가 고개를 갸웃거렸다.

"제가 말씀드리지 않았습니까? 쓰레기는 쓰레기로 치우는 법이라고요."

김윤찬이 고함 교수를 향해 자신감에 찬 눈빛을 보냈다.

병원 인근 모 음식점.

쓰레기를 치우는 법?

간단하다.

쓰레기는 쓰레기통에 담아서 치워야 한다.

그 쓰레기통 역할을 해 줄 사람은 나기만뿐.

김윤찬은 나기만을 만났다. 쓰레기를 치우기 위해.

"이 정도면, 이기석 교수님의 누명은 벗는 거 아닙니까?"

김윤찬이 천문식에게서 확보한 자료를 나기만에게 내보였다.

　　"글쎄요? 난 잘 모르겠는데? 이 자료가 한 과장님이 향응을 제공받았다는 증거가 될 수 있을까? 게다가 변한 건 아무것도 없잖아? 그 자리에 이기석 교수가 동석했던 건 명백한 사실이니까."

　　역시나 나기만다운 발언이었다.

　　이걸로 한상훈 과장을 엮을 수는 있겠지만, 이기석 교수의 결백을 증명하긴 어렵다는 판단이었을 것이다.

　　그렇기에 이기석 교수의 결백을 100% 증명할 순 없을 것이라는 게 나기만의 판단이었으리라.

　　"네, 맞습니다."

　　"그래. 결국 같이 죽자는 건 아니지 않나? 결국 이기석 교수님만 피를 보게 될 테니까. 괜히 한상훈 교수님이 그 자리에 오른 게 아니라는 것만 명심하면 될 거야."

　　교수회 곳곳에 한상훈의 인맥이 거미줄처럼 얽혀 있다는 걸 의미했다.

　　"네, 그렇죠. 결국 불리한 싸움이 되겠죠."

　　"알면 다행이네. 그래서 말이야, 내가 조언을 하나 해 주려고 바쁜 와중에도 김 선생을 만난 거야. 과장님의 의중도 전할 겸."

　　상황이 자기에게 유리하게 돌아간다고 생각했는지 나기만

이 의기양양했다.

"조언요? 어떤?"

"방법은 하나뿐이야. 이쯤 해서 이기석 교수나 자네나 객기 그만 부리고 한 과장님 밑으로 들어오는 게 어때? 지금이라도 고개 숙이면 과장님은 당신들을 따뜻하게 품어 줄 용의가 있다고 하시거든?"

"아하! 그렇군요. 과장님이 저와 이기석 교수님을 그렇게 챙기시는 줄은 꿈에도 몰랐습니다."

"우리 과장님이 워낙 품이 넓으신 양반이라……."

"그러면 교수님은요?"

"뭐?"

"우리가 한 과장님 밑으로 들어가면 교수님은 어떻게 되시는 거냐고요?"

"뭔 소리야? 내가 뭘 어떻게 된다는 거야?"

"이상하잖습니까? 저나 이기석 교수님이 한상훈 과장님 밑으로 들어간다면 교수님은요? 어떻게 되는 건가요? 저는 모르겠지만 이기석 교수님이 교수님 밑으로 들어가진 않을 거 아닙니까?"

"지금 무슨 헛소리를 지껄이려는 건가?"

"아니, 한상훈 과장님이란 분, 아마 교수님보단 제가 더 잘 압니다. 이기석 교수님과 저를 품기에도 벅찬 분이죠. 그 말은 교수님을 품어 줄 품이 없다는 거예요. 그게 무슨 뜻인지 모르겠습니까?"

"지금 날 회유하려는 건가?"

"아뇨. 팩트를 말씀드리는 겁니다. 단적인 예를 들어 보죠. 이번 소송에서 교수님이 이길 수 있을 거라 봅니까?"

"그건 당신이 신경 쓸 일이……."

"아뇨, 같은 동료로서 왜 신경이 쓰이지 않겠습니까? 김 앤 정의 황 변호사를 너무 간과하시는 것 같군요. 황 변호사 승률이 얼마나 되는 줄 아십니까?"

"……."

황 변호사라는 말에 나기만의 눈동자가 흔들리기 시작했다.

"전체 승률 95.8%! 게다가 의료 소송 관련해선 단 한 건도 패소한 사례가 없어요. 귀남이가 괜히 황 변호사를 붙여 준 게 아니라는 걸 명심하시길 바랍니다. 이대로 가면……. 교수님 소송 집니다. 100%!"

지금 나기만을 흔들 수 있는 카드 중에 이만한 건 없을 것이다.

두려움!

그 두려움은 의심을 낳고, 그 의심은 배신을 낳을 테니까.

김윤찬은 그간 황 변호사가 소송에서 이긴 사례들을 꺼내 나기만에게 내보였다.

"그, 그거야. 길고 짧은 건 대봐야 아는 거지."

"아뇨, 절대 교수님은 이기지 못합니다. 지금 한 과장님이 포스트 교수님을 노리고 있는 걸 왜 모르세요?"

"뭐, 뭐라고?"

조금씩 반응이 오는 것 같다. 나기만의 동공이 조금 더 부풀어 올랐으니까.

"초등학교 앞에서 줄 가지고 애들 등쳐 먹는 야바위꾼 아시죠? 긴 줄 하나, 짧은 줄 하나 손에 쥐고 긴 줄 뽑으면 필통 선물 주는?"

"……."

"근데 그게 연습할 때는 항상 긴 줄이 나오다가도, 돈 내고 실제로 하면 꼭 짧은 줄이 나오거든요? 지금 한 과장님은 나기만 교수님을 상대로 연습을 하고 있는 겁니다. 꼬마 주머니를 다 털어먹으려고요. 다른 꼬마 손님이 올 때까지."

"말도 안 되는 소리!"

나기만이 상기된 표정으로 고개를 내저었다.

"말도 안 되는 소린지 아닌지는 교수님이 직접 확인하시면 될 일입니다."

김윤찬이 나기만에게 봉투 하나를 내밀었다.

"뭘 확인하라는 거야?"

"한상훈 과장님이 교수님에게 소개해 준 윤도관 변호사와 관련된 내용입니다."

"난 또 뭐라고! 지금 나와 과장님을 이간질하려나 본데, 윤 변호사님은 황 변호사 못지않게 의료 소송 분야 최고의 변호사야. 최근에 소송에서 져 본 적이 없다는……."

"그러니까 직접 확인해 보시라는 겁니다."

김윤찬이 손을 내밀어 봉투를 건넸다.

"대체 무슨 꿍꿍이를 부리려는 건가?"

봉투를 뜯어 내 내용물을 살펴보는 나기만.

봉투 안에는 몇 장의 사진들이 들어 있었다.

사진들을 살펴보던 나기만의 시선이 마구 흔들리기 시작했다.

"이, 이게 뭐지?"

"보시다시피, 윤도관 변호사님과 김 앤 정 대표 변호사이자 귀남이의 아버지이신 분이 같이 찍힌 사진 같군요."

나기만의 변호를 맡은 윤도관과 귀남의 아버지 김부식이 다정하게 포즈를 취한 사진이었다.

"이, 이게 어떻게 된 거지??"

나기만의 목소리가 미세하게 흔들리기 시작했다.

"윤도관 변호사는 조만간 김 앤 정에 스카우트될 겁니다. 그 말은 윤도관 변호사가 이번 소송에 최선을 다할 이유가 없다는 것을 의미하기도 하지요. 그런 변호사에게 교수님의 소송을 맡긴 사람이 바로 한상훈 과장입니다. 어떠세요? 이제 상황 파악이 좀 되십니까?"

"지, 지금 이 모든 것을 한 과장님도 알고 있었다는 건가?"

"당연한 거 아니겠습니까? 정말, 교수님은 한상훈 과장이 교수님을 위해서 김 앤 정하고 척을 질 것이라고 생각했던 겁니까?"

"……."

나기만의 말아 쥔 두 주먹이 부르르 떨렸다.

"토사구팽! 교수님은 지금 한상훈 과장한테 이용당하고 계시는 겁니다. 교수님의 절실함을 약점으로 틀어잡히고서 말이죠."

"지금 나보고 이 모든 걸 믿으라는 건가?"

"믿건 안 믿건 그건 교수님의 자유십니다. 다만, 모든 것은 적당한 때가 있다는 것만 명심하십시오. 이 모든 일이 공교롭게도 동시에 일어난 게 과연 우연일까요?"

"……."

나기만이 어금니를 악다물며 시선을 어디에 둘지 몰라 했다.

"한 과장이란 사람, 교수님이 생각하시는 것보다 훨씬 더 무서운 사람입니다. 같은 동료로서 교수님께 선택하실 수 있는 마지막 기회를 드리는 거니, 현명하게 판단하시길 바랍니다. 그럼 전 이만 가 보겠습니다."

"잠깐! 나한테 이러는 이유가 뭐지? 소송에서 져서 내가 징계를 받게 된다면 자네한테도 나쁠 게 없을 텐데?"

"아, 겨우 징계라고 생각하셨습니까? 제가 보기엔 그 이상일 것 같은데요? 한때는 같은 당직실을 썼던 정이라고 생각하시면 편하실 것 같군요. 마음의 결정을 하시면 전화 주십시오. 전 이만!"

"……"

혼란스러운 머릿속을 정리하기 힘들어 보이는 나기만이었다.

반드시 전화가 올 것이다!

띠리리리.

아니나 다를까 그와 헤어진 후, 집으로 돌아오니 나기만으로부터 전화가 왔다.

"네, 교수님."

─김윤찬 선생, 내가 뭘 해야 하는 거지?

자신의 인생이 걸린 문제.

믿었던 한상훈 과장의 배신을 눈치챈 그의 입장에선 지푸라기라도 잡는 심정이었을 것이다.

됐다! 아마도 나기만이 가진 무기는 내가 가진 것보다 훨씬 파괴력이 있을 것이다.

그것만 풀어놓을 수 있다면!

둘 중 하나는 폐기 처분될 것이다. 작은 쓰레기든 큰 쓰레기든!

다음 권으로 이어집니다

엑스트라 책사의 로열로드

mensol 퓨전 판타지 장편소설

『회귀자의 그랜드슬램』의 mensol
무과금의 신을 소환하다!

실력 게임을 무과금으로 돌파하던 레전드 유저
게임 속 똥캐 조연에게 빙의되다!
신묘한 계책으로 배신당해 파멸하는 결말을 피하라!

한미한 남작 가문 사남 알스
인공지능과 겨루던 체스 실력
전략 게임으로 다져진 기기묘묘한 책략
히든 피스로 얻은 무력으로
대륙을 평정하다!

삼국지를 연상케 하는 디테일한 전략!
피 끓는 전장의 광기가 폭발한다!

ROK
MEDIA
로크미디어

황태자는 은퇴가 하고 싶습니다

로튼애플 퓨전 판타지 장편소설

황제가…… 과로사?
이번 생은 절대로 편하게 산다!

31세에 요절한 황제 카리엘
개같이 구르며 제국을 지킨 대가는
역사상 최악의 황제라는 오명?
싹 다 무시하고 안식에 들어가려 했더니……

"다시 한번 해 볼래? 회귀시켜 줄게."
"응, 안 해."
"이번엔 욜로 라이프를 즐겨 보면 어때?"

사기꾼 같은 신에게 속아 회귀하게 된 카리엘
즐기며 편히 살기 위해서는
황태자 자리에서 먼저 내려와야 하는데……

제국민의 지지도는 계속 오른다?
황태자의 은퇴 계획, 과연 성공할 수 있을까?

하북팽가 검술천재

이도훈 신무협 장편소설

정마 대전의 영웅, 무無부터 다시 시작하다!

목숨 바쳐 싸웠음에도
가차 없이 '팽' 당했던 광귀, 팽한빈.

현세와 작별까지 고했는데…… 어라?
눈 떠 보니 20년 전?
심지어 '하북 최고의 겁쟁이' 시절로 회귀했다?

[용안龍眼으로 구결을 확인하시겠습니까?]

흩어진 구결을 다 모아 비급을 완성한다면
하북 최강이 되는 것도 시간문제!
겁쟁이보단 망나니가 낫겠지!

팽가의 수치가 도, 아니 검술천재로 돌아왔다!

0레벨 플레이어

송치현 퓨전 판타지 장편소설

『검마왕』『1레벨 플레이어』의 작가 송치현
이번엔 0레벨이다!

힘겹게 마왕을 무찌르자마자
스킬을 카피한다는 이유로 배신당한 현수
최후의 스킬로 회귀하다!

배신자들의 기연과 스킬을 빼앗아
복수와 전쟁을 끝내고 지구로 돌아가겠다!
그러기 위해서는……

[레벨이 0으로 하락하였습니다.]
[스킬이 강화되었습니다.]
[스텟이 누적되었습니다.]

"이제 다시 레벨 업을 해 볼까?"

레벨은 필요 없다, 무한 성장으로 승부한다
쪼렙일수록 강해지는 0레벨 플레이어!

꿈의 도약, 로크에서 하십시오
(주)로크미디어에서 신인 작가를 모십니다

즐거운 세상, 로크미디어는 꿈을 사랑하고 도전을 두려워하지 않는 작가 분들의 참신한 작품을 기다리고 있습니다. 21세기 장르 문학계를 이끌어 갈 차세대 선두 주자 (주)로크미디어에서 여러분의 나래를 활짝 펴 보시길 바랍니다.

모집 분야 판타지와 무협을 포함한 장르 문학
모집 대상 아마추어 작가, 인터넷 작가
모집 기한 수시 모집
   작품 접수 시 유의 사항
   1. 파일명은 작가명_작품명.hwp형식을 갖춰 주십시오.
   1. 파일에 들어갈 내용은 다음과 같습니다.
      ─ 성명(필명인 경우 실명을 밝혀 주세요), 연락처, 이메일 주소
      ─ 제목, 기획 의도
      ─ A4용지 1장 분량의 등장인물 소개
      ─ A4용지 2장 분량의 전체 줄거리
      ─ 본문
   1. 작품이 인터넷에 연재되고 있다면, 게시판명과 사이트의 구체적이고 정확한 주소를 기재해 주십시오.

선택된 작품은 정식 계약 후 출판물로 간행되어 전국 서점에 유통됩니다.
작가 분은 (주)로크미디어의 전폭적인 지원하에 전속 작가로 활동하시게 됩니다.
※ 자세한 내용은 로크미디어 홈페이지(rokmedia.com)를 참조하세요.

(03920)서울시 마포구 성암로 330 DMC첨단산업센터 3층 318호
(주)로크미디어 편집부 신간 기획 담당자 앞
전화 : 02) 3273 - 5135
www.rokmedia.com   이메일 : rokmedia@empas.com

One for all
원포올

일라잇 스포츠 장편소설

**작렬하는 슛, 대지를 가르는 패스
한계를 모르는 도전이 시작된다!**

축구 선수의 꿈을 품은 이강연
냉혹한 현실에 부딪혀 방황하던 중
운명과도 같은 소리가 귓가에 들어오는데……

당신의 재능을 발굴하겠습니다!
세계로 뻗어 나갈 최고의 축구 선수를 키우는
'One For All' 프로젝트에, 지금 바로 참가하세요!

단 한 번의 기회를 잡기 위해
피지컬 만렙, 넘치는 재능을 가진 경쟁자들과
최고의 자리를 두고 한판 승부를 벌인다!

**실력만이 모든 것을 증명하는
거친 그라운드에서 당당히 살아남아라!**

기갑천마

거짓이슬 퓨전 판타지 장편소설

종말을 막지 못한 절대자
복수의 기회를 얻다!

무림을 침략한 마수와의 운명을 건 쟁투
그 마지막 싸움에서 눈감은 무림의 천하제일인, 천휘
종말을 앞둔 중원이 아닌 새로운 세상에서 눈을 뜨는데……

"천휘든 단테든, 본좌는 본좌이니라."

이제는 백월신교의 마지막 교주가 아닌 평민 훈련병, 단테
그럼에도 오로지 마수의 숨통을 끊기 위해
절대자의 일 보를 다시금 내딛다!

에이스 기갑 파일럿 단테
마도 공학의 결정체, 나이트 프레임에 올라
마수들을 처단하고 세상을 구원하라!